職務質問　目次

第六章　覚醒剤を生業にする人たち

第七章　シャブに溺れた親分たち

構成　久保博司

第一章　歌舞伎町軍団の誕生

さっそくシャブ中ヤクザを逮捕

念願の交番勤務になったものの、最初はしかし、北新宿一丁目交番（以下、北一交番）に配属された。

その交番の後ろに清和寮という警視庁の独身寮があった。新しく建てられた寮だったが、これが平成二年十一月に爆破された。犯人は過激派の革労協で、巡査長が線に触れて死亡し、班長が重傷を負った。線に触れると爆発する仕掛けの爆弾だったようだ。それから、この爆発音を聞いて寮に住む警察官が駆けつけた頃に二回目の爆発が起きた。それで七人が重軽傷を負った。爆発する時間をずらしていたようだ。

北一交番はそんなところなので、配属になったとき幹部から、

「北一交番に配置したのは、お前が刑事あがりだからだ。これから二度とああいう事件が起きないようにやってくれ」

と言われた。そうしたらよけい怖くなった。またやられはしないかと本当に怖かった。だから、夜になっても、いつ爆弾を仕掛けられるかという怖さがあって寝られなかった。

ところが、今思うとそれがよかった。毎日夜遅くまで起きているものだから、いろんな深夜族と出会う。それがその後の役に立ったのだ。

最初の手柄は、シャブ中ヤクザの逮捕である。

あるとき、交番の近くにある署長公舎付近をパトロールしていた。署長公舎は過激派のターゲットだったので必ず巡回することになっていて、「パトロールしました」という証拠のハンコを押すことになっている。そのハンコを押して帰るときに、署長公舎の前にあるヤクザ者の事務所から男が出てきた。男は私の制服姿を見ると、急に踵《きびす》を返すようにして公園のほうに歩いていった。だから職務質問した。

いざ声をかけると、大暴れである。三十代の男で、一見してヤクザ者である。入れ墨も彫っている。あまり大暴れするので応援要請を頼もうと思ったら、そこへたまたま、ある警部が回ってきた。警部になりたての右翼担当の人で、現在は本部の管理官である。その人が来てくれて、二人で摑み合って逮捕した。そのとき、

「いや、高橋部長は（住宅街で捕まえるなんて）凄いな」

と褒められた。それから嬉しくなって、北一管内でどんどん職務質問をするようになっていった。

北一交番の管内で目立ったのは芸能人だ。交番の近くに芸能人の養成所があって、い

ろいろな人が北一交番の前を通っていく。また、『巡回連絡』といって自分の受け持ち区域をパトロールしたり戸別訪問したりするので、さまざまな人と出会って話す機会がある。髪を束ねた男性や若手芸能人らしい女の人に出会うと、将来有名人になっていく人たちだなと楽しくなったものだ。養成所の先生はみんな芸能人なので、知っている人も結構来ていた。その中には、仲代達矢もいた。

「あれ、帽子かぶってヒゲはやしてるけど、仲代達矢だ」

などと心中でつぶやいてニヤリとしたものだ。

暴走族まがいの歯医者の卵もいた。夜中にオートバイを屋敷の前によく停めるので、最初は暴走族だとばかり思っていた。しかし、その屋敷は一軒家の結構いい家で、ＢＭＷなども停まっている。暴走族にしてはずいぶんいい車を停めていい彼女といるな、などと思っていた。ところがその人は歯医者の卵だったのである。

その屋敷には、とにかくいろんな女性が来ていた。うち一人だけは本当に美人でお嬢さまだった。ＢＭＷに乗っているのはこのお嬢さまだったのだ。彼はこの女性を別格扱いにしていて、結婚を考えていたようだ。

やや話は脱線するが、それから一、二年してから、その歯医者が自分で開業しようという頃に歌舞伎町に遊びに来た。その機会にちょっと話をしたら、

「高橋さん、あの子とは別れました」

「何で別れたの」

と訊《き》くと、これまた面白い話なのである。

そのお嬢さまについては、彼は、この子だけは間違いないと思っていたらしい。なにしろＢＭＷに乗っているくらいだから、内心では結婚も決めていた。ところが、彼はいかがわしいビデオが好きで、ある日ビデオを借りて来たら、その女性がビデオに映っていたそうだ。

よほどショックだったのだろう。すぐ別れた、と言っていた。

「えっ、それですぐ別れたの」

と驚いてみせたら、

「歯医者ですから、ああいう不謹慎な女性と結婚したら人生終わってしまう」

歯医者の沽券《こけん》に関わると思ったようだ。

ゴンゾウはびこる歌舞伎町交番

歌舞伎町交番に配属されたのは、北一交番で実績を上げたからだ。新宿では、仕事をやっていればやがて歌舞伎町へ行くようになる。

北一では近所の人とも全部仲良くなったし、殺人事件のときは私が一番早く現場に駆けつけて縄を張ったり、若い警察官がいたら「手、触れるんじゃねえ」と注意したりなどしていた。そういうことをやっていくうちに、

「高橋は刑事も経験していたし、歌舞伎町に」

ということになって異動したんだと思う。

歌舞伎町交番では第四係に配属されたが、その頃は『ゴンゾウ』が交番を仕切っていた。

ゴンゾウとは、要するに年を取っているだけで何も仕事をしない怠け者のことだ。率直に言って、歌舞伎町交番は自分から率先して仕事をしなくても実績の上がるところだ。毎日、強盗だ、強姦だとあるし、事件ではなくてもたとえば、「所持品をなくしました」

「道を教えてくれ」など、とにかくいろんな用事がたくさんある。だから、街に出なくても交番の中に座っているだけでいい。「風林会館はどこですか」と来たら「そこだよ」と指させばいいし、「落としものをしました」と言われたら、若い署員に事情聴取させて遺失物届を作らせればよい。

そういうゴンゾウが五人も六人も交番の中に陣取っていた。そして、若い署員にお茶を出させて、堂々と正面の机に座って飲んでいる。歌舞伎町交番は二階も地下もあるし、奥にも部屋があるから、普通はそういう場所でお茶を飲むものだが、彼らは外から見える場所で飲んでいた。

そんな中で、Hという若い巡査部長がいた。今は、フィリピン大使館にいるが、彼も古いゴンゾウ班長に顎《あご》で使われていた。しかし、そんな状況には不満を持っていたようだ。私が行ってから、二人で改革しようということになった。

何をやったか。

二人でとにかく、事件事故があるとどんどん現場に行き、何もなくても街を回る。回っていると、今は何が必要なのか、どんな活動が求められているかがわかってくる。その間に、たとえばシャブ中（覚醒剤中毒者）などを捕まえると、他の連中も無関係ではいられなくなる。

H巡査部長はそれまで、交通事故やケンカなど単純な事件事故ばかりに関わっていたから、書類の書き方も覚えられなかった。しかし、たとえば覚醒剤事件に関わると、書類を自分で書くことになる。書類では、ホシがこう暴れたとか、ポケットのどこそこに持っていたとか、逮捕までの過程を全部自分でまとめなければいけない。そうすると、書類の書き方を覚え、かつ署長には褒められる、そして人のためにもなるということで仕事が面白くなって、他の若い巡査にもどんどんそういう輪が広がっていったのである。

そのうち、柔道が強くて機動隊では柔道しかやっていなかったような宮城県出身のS巡査部長が歌舞伎町に行きたいと言って来た。また、韓国語を話すMという若い巡査部長が歌舞伎町行きを希望してくる。理由を訊くと、まだまだ韓国語が駄目だから、韓国の人たちとたくさん話をしたいということだった。

巡査部長のHが歌舞伎町に来た動機もそうだったのである。彼はタガログ語の勉強をしていたのだが、歌舞伎町でなければフィリピン人がいない。同じ新宿署管内でも成子坂など歌舞伎町から離れた場所では、そういう機会がないのだ。だから歌舞伎町に来て現地人となるべく話をする。彼はまだ若くて女好きだったから、どんどん接触して会話もどんどん上手《うま》くなるんじゃないか、という魂胆もあったようだ。

ヤル気ある若手が続々と

とにかく歌舞伎町は国際色豊かだった。フィリピン人、コロンビア人、韓国人など多彩だったのである。その中では韓国人が主流を占めていた。だからM巡査部長は大喜びで頻繁に韓国人と話していた。「アンニョハセヨ、カネカセヨ」じゃないけれど、あんまり上手いので、

「お前、北のスパイじゃねえか」

と言われるくらいだった。するとさらにその気になって韓国語に磨きをかける。

歌舞伎町交番には、そういう連中が各方面から集まってきた。中にはK巡査という身長一メートル九十センチぐらいの、体のごつい、仕事はできないけれど運転だけは上手くて白バイに乗りたがる男もいた。歌舞伎町交番には『歌舞伎号』といって本署とは別にパトカーが置いてあったのだが、運転はK巡査がお手のものだから任せることにした。こういう具合に、それぞれ特技を持っている者がどんどん集まってきて仕事をするようになっていったのである。

人選は、まず本人が幹部に歌舞伎町へ行きたいと希望を出す。そのうえで私が推薦し

ていた。あるいは、私が課長代理に対して、誰それが欲しいと談判することもあった。K巡査のように体の大きい男は、歌舞伎町では都合がいいのである。あるいは剣道や柔道が強かったり、見せかけだけでも威圧感があるなど、頭なんかどうでもよい、とにかくヤクザ者と対抗できる者だけを集めていった。

運のいいことに、課長代理は元ヤクザ担当だった。非常にいい人で、

「歌舞伎町交番はこのままでは駄目だ、ゴンゾウ連中を消そう」

と、一緒になって力を貸してくれた。当時は四係だけではなく、一係から四係まで全部にゴンゾウ集団がいたのだ。彼らは仕事はできるという触れ込みだが、現場に行かないから現場を知らない。

たとえば、私はそれまでにヤクザ担当もやっていたから、

「そのヤクザ者は住吉の何という組なの」

と訊くと、

「いや、住吉だよ」

と答える。住吉会系の中にも、醍醐組とか加藤連合などたくさんあるのだが、それがわからない。これは現場を知らない証拠である。

私が歌舞伎町に呼んだ中には、白バイの腕のすごいT巡査長もいた。なぜ彼を呼んだ

かというと、駐車違反で実績を上げられるからだ。よく警察は点数主義だと言われるが、実はそうではない。点数だけなら、歌舞伎町交番であれば座っているだけで朝から晩まで仕事が舞い込んでくるため、自然に上げられる。しかしそれだけでは駄目で、こちらから攻撃して結果を出さなければいけない。そのためには、職務質問で駄目だったら交通違反で実績を上げられる体制を作ろうと思ったわけである。

そんなわけで、街に出て実績を上げられる集団ができていった。

歌舞伎町で交通違反の摘発とは意外に聞こえるかもしれないが、歌舞伎町はある意味、駐車違反の街である。誰でもどこでも車を停めている。だから、『車輪止め』を使って駐車違反の摘発をやった。車輪止めというのは、駐車違反の車が動かせないように、車輪に鍵をかける器具である。中には悪いのがいて、チェーンを切って石神井《しゃくじい》公園まで持って行って捨てていたホストがいた。

ともかく、T巡査長はそうやって職質以外で実績を上げた。歌舞伎町交番の四係には七人もいるわけだから、人数に相応《ふさわ》しい実績を上げなければいけないという事情もあったのである。

現場に行けば見えてくる

　ところがある日、みんなで食事しているとき、T巡査長が急に箸を止めて、

「高橋部長、みんなでどういう風にしたらいいか考えましょう」

　と言い出した。それで私が、

「おお、じゃ一緒に考えよう。どこがいけない？」

　と応じると、

「四係だけでも街を綺麗にする活動をしましょうよ」

　と言う。駐車違反摘発のために呼んだ男がそんなことを言ったので、私は驚くと同時に感動した。そこまで皆の士気が上がっているのか、と思ったのだ。彼が言いたかったのは、電柱のビラをなんとかしよう、ということだった。

　それから、ビラの取り締まりを始めた。街の中にビラが貼られているのを見つけると、電話をかけてその店に行く。もちろん私も同行する。そうすると、店内にはそのビラがダンボール箱に何万枚とある。そこで店の者に言う。

「ビラを押収するわけじゃないけど、お前たちはまず電柱のビラを剝がしなさい。これは美化運動なんだ。何ていう法律かわかんねえけど、とにかく美化運動だ。区役所とウチらもやっている」

そうすると店の連中は「すみません」と言って、ビラをみんな交番に持って来る。

「もうこれは没収して下さい」

というわけである。

あるいは、道路上に看板があると、私とN巡査長が行って、「これ、出すぎだよ」と忠告する。それでも直さないと、その看板を交番に持って来る。もちろん壊したりはしない。わざと交番の目立つ場所に置いておく。すると店の連中は、何十万円もする看板だから取りに来る。こうして一軒やってみると、ウチもやられるのではないかというので、他の店も看板を道路に出さなくなっていった。

そんなこんなで見えてきたのは、歌舞伎町の店も注意すれば何とかなるということだ。その後は、なにかと互いに協力するようになった。

こうして現場に出ていくうちに、いろんなことが見えてきた。たとえば、いかがわしい看板のそばには隠しカメラが必ずある。そういうところでは、昼間からいわゆる〝セックス産業〟が行われたり、あるいは夜間パトロールをすればバカラや博打をやったりしていることがだいたいわかってくる。そんな店ではドアを叩いても誰も出て来ない。ちょっと付近を見回すと、必ずその店の用心棒みたいな人間が様子をうかがっている。現場に出ると、そういうことが全部読めてくる。

だから、「まず現場に行こう」「街の人とも親しくなろう」というのが四係のモットーになった。

その点、ゴンゾウはまったく現場に行かない。たとえば「六大学」というクラブがあった。ぼったくられた客がよく交番に訴えてくる。するとゴンゾウ班長は、店に電話をかけ、いかにも仕事ができる風に、

「おう、F（店長）、いくらにするんだ」

と言う。するとFが、

「七万のところを三万に」

「はい、じゃオッケー」

と、こんな感じである。現場に行きもしないで処理する。「お客さんも遊んだんだからいいですよね」の一言で終わりにしていた。

私たちにもそういう時期が少しあった。しかし、それではいけないということになり、現場に行くようにした。現場に行けばどういう女がいて、客引きはどういう人で、客を

どう扱っているかがわかるからだ。

こんなわけで、軍団が強くなった一番の理由は、みんなで仕事をして、それで語り合って駄目なところを直していくということだったと思う。それと、街の人たちとの協力である。

たとえば、あるマンションにはヤクザ者の集団がたくさん入居している。そういうところでトラブルが起こり、住民が困っているときに、私たちが始末してあげたりする。そうすると、「今までは全然やってくれなかったのにこの係は違う」などといった手紙が署長に届くようになる。すると、署長からは褒められ、我々も調子がよくなり、街の人の見る目も違ってくるという好循環になるわけである。

そうして、街の人たちとの交流が広がり、その中から、街の人が困っていることがわかって、さらに活動の幅を広げるという格好になった。

「みんなで何でもやろう」がモットー

軍団の最初のモットーの一つは、よその班でやった件もウチの班でやった件も区別するのはやめようということだった。四係で手をつけたものだけでなく、三係や二係でやったものもすべて備忘録につけて、みな自分たちで扱うという姿勢である。

たとえば、他の係が担当した交通違反に関連して、四係が当番のときに本人が出頭して来たなら処理してあげる。「班が違うから出直して来い」とか、「本署に行ってくれ」と言うと、相手は面倒くさくなって来なくなる。だからとにかく、何でも我々軍団でやろうということにした。

要するに都民が困っている、市民が困っているというときは、とにかくみんなでやろうよ、ということだ。できないことはできないで係長などに報告する、自分たちででき␊ることは自分たちでやるという姿勢を持つことにした。

第二のモットーは、軍団への悪口は素直に耳を傾けようということだ。特に悪い報告があったら耳に入れておく。

たとえば独身寮の寮員が四係に何人かいた。寮の中には他の係の巡査部長がいたり、ゴンゾウがいたりする。そういう人から嫌なことを言われたら、すべて報告しろと言っていた。報復のためではなく、お互いにカバーし合っていこうと思ったのだ。嫌な報告であっても、それが的を射たものであれば直していこうということなのである。

あるとき、

「すぐやる課、やろうじゃないですか、チョー（巡査部長）さん」

という提案があった。

「それはいい考えだ、みんなどうだ？」

と訊いたらみんな賛成で、いろいろな提案があった。その中に、店が玄関に出したゴミをカラスやネコがあさるから、それを何とかしようという提案があった。

「だけど、カラスだとかネコは汚ねえよ」

「手袋を二重にすればいいじゃないか」

など侃々諤々《かんかんがくがく》の意見が出たが、その問題に取り組むことにした。

酒、ウィスキー、ビールなど、まだ中身が残っているのにそのまま外に出している店が多い。その臭いでネコなどは集まってくるから、そういったものを処理するように一軒一軒忠告するなどから始めた。

忠告しても直らない店も少なくなかった。一番悪いのはフィリピンパブやコロンビア人の店だった。外国人には捨てる能力はあっても、選別するセンスがない。これは見てすぐわかる。だから、朝、ゴミを出すときに現場に行って、

「綺麗にしろよ。でないと店に何回も回ってくるからな」

と脅したものだ。そうするとゴミだけでも綺麗になった。

これは治安からは離れることだが、そういうことも全部やった。そうすると、町が綺麗になってくる。

とにかく軍団の目標は、歌舞伎町を少しでも安全で遊びやすい街、住みやすい街、そして世界に誇れる清潔で美しい歓楽街にしようということだった。

第二章　夜の女たち

コロンビア女のケンカ

歌舞伎町の夜の街で目につくのは、なんといっても夜の女たちだ。とにかく当時はフィリピン人、コロンビア人、中国人と集まっていた。一番扱いに困ったのはコロンビア人。これは非常に手に余った。

しかし、コロンビア人については、客からの苦情はあまりなかった。なぜかというと、やりたい放題にやらせるからだ。私は何回も店に行ったが、危ないなと思うことがたくさんあった。

たとえば、本当に、恥部が見えるようなスレスレのパンツを穿《は》いた女性が、店に置いてある柱みたいなものにからまって足を上げたりする。ちょっと色っぽい、アメリカ映画を観ているとよく見かけるような、そんなサービスをしていた。

それに、コロンビア人はスタイルがいい。顔も胸もいい。しかも日本人が憧れる金髪ときている。そういうところでは、飲む酒も違う。カクテルのようなものを出している。

こういった店は、店長は日本人だが、バーテンダーはだいたい黒人だ。体のがっちりした黒人がいたものだ。そしてコロンビア女には、私が知っている範囲では、必ず男がいた。それがなんと、大半がイラン人なのである。イラン人はコロンビア人の店によく行くので、そんな関係になったのだと思う。客に中国人はあまりいなかったが、韓国人は多かった。もちろん日本人も行っていた。

そして、コロンビア人の店では、客を思いっ切り遊ばせる。体も自由に触らせる。一緒に並んで座り、「客からたかってやる」というような感じだった。

私が店内に入るのは、たいていホステス同士でケンカがあったときである。彼女たちのケンカは、まるでキックボクシングだ。何やら叫びながら殴り合いをする。男が間に入って止めようとしても聞かない。とにかく相手を蹴る殴る、気絶させるくらいにやっていた。韓国人もそうだった。韓国女のケンカとコロンビア女のケンカを見ていると、よく死なないな、と思うぐらいだった。

ケンカは朝方が多かった。客の奪い合いなのである。いい客をお前が取ったとか取られたとか、そういう感じだ。ケンカのときは日本語を使わないから何を言い合っているのか詳しいことはわからなかったが、とにかく大暴れだった。バッグで殴ったり、ひざで蹴りを入れるなど、どこでケンカの練習をしているのかなと思うぐらいだった。

女に指を噛まれて病院に

コロンビア人の街娼が一番多いのは通称「オケラ公園」（区立大久保公園）の周辺だった。歌舞伎町交番から大久保方面に向かって行くと、右側は細い路地が複雑に入り組んでいて安い連れ込み旅館やホテルが散在している。公園はその反対側、職案通りの手前あたりにある。

私服でパトロールをすると、彼女らは集団でいた。だからすぐにわかる。近くには住吉会系のD組やK組の代行クラスの人間がいて、コロンビア女を掌握していた。同じコロンビア人売春婦を二グループに区切っていたのである。その連中が夜七時ぐらいに出てくると、そろそろ売春の時間だとわかる。

さらに、暗くて見えなくてもコロンビア女はすぐわかった。香水の匂いが強烈だからだ。甘くてとろけるような、鼻にツーンとくる匂いだ。あのスタイル、あの胸の大きさ。とにかく、「もうしょうがねえなぁ」と思うぐらいで、制服を着ていなければ後ろをついて行きたくなるくらいだった。

どういうわけか彼女らが一服するところは、決まって韓国人の店だった。あの辺は韓国の家庭料理店が多いところで、韓国人の売春婦ももちろん集まるが、そういう店に集まっていた。イラン人も公園に覚醒剤を隠したりするから、みな同じ店に集まっていた。コロンビア人売春婦とイラン人売人と韓国人売春婦と、三者三様の「ワル」が集まっていたのである。方向性がちょっと違うだけで、みんな似たような活動をしているから、お互いに言葉は通じなくても手ぶりで通じ合っていたようである。私たちが覗《のぞ》くと、「今、コレ（警察官）が来てる」などと、額に親指を突き刺して合図していた。だから我々も、連中はワル仲間だとすぐにわかるのだ。

コロンビア人を逮捕するのは簡単なので、K巡査部長はコロンビア人売春婦をよく捕まえていた。コロンビア人を含めて外国人売春婦を年間百人以上は捕まえていたようだ。あるとき、

「なんで売春婦だけそんなにやるの」

と訊いたことがある。

「彼女らは悪い。イランとかコロンビアは国家が放出してるんだ」

と言っていた。イランはたしかにそうだったようだ。東京ドームのような競技場に集めて、「日本に行って来い」などとやっていたという。コロンビアはわからない。しか

しK巡査部長は、

「稼ぐだけ稼いで外貨をこっちに持って来い、っていうような感じなので、俺は取り締まるんだ」

と力《りき》んでいた。それに、エイズなどの病気を持ち込むからやるんだ、と正義感に燃えているようなことも言っていた。

違う意味で病気が怖いのは、コロンビア女だった。彼女たちは、身柄を拘束しようとすると指を噛《か》む。何が怖いかって、これが一番怖い。どこで教わったのかわからないが、「逮捕！」と手を出すと、バッと手を摑んで指を噛むのだ。私も噛まれたことがある。K巡査部長は三回も四回も噛まれていた。そのたびに、「エイズじゃねえか」と言って大久保病院（現東京都保健医療公社大久保病院）に走っていったものだ。指から血が流れているから、もう逮捕どころではない。大久保病院に一目散に駆け込む。私も大久保病院に駆け込んだ。噛んだ女の顔だけでも覚えてやろうと思ったが、みな似たような顔に見えるので覚えられなかった。

売春婦は逮捕しても罰金刑ぐらいですぐ出てきてしまう。あるいは強制退去。というのは、観光ビザで来て、そのまま居座っているのが多かったから、出入国管理及び難民認定法違反による強制退去になるのだ。

同情を誘うフィリピン人

フィリピン人の売春婦にはいろんな境遇の者がいた。日本人と結婚したり、ヤクザ者の愛人になったり、あるいはヤクザ者から逃げてきた者も多くいた。

家族がフィリピンにいて、日本で稼ごうと来た者もいた。そういうのは、ヤクザ者にだまされて連れて来られたケースが多い。偽装結婚して連れて来られたり、人身売買で連れて来られたり、また、そこから逃げて日本で生活しているのがいたり。

そういう女たちがいったん国に帰り、かわいい子を見つけて連れて来るという組織的なものもある。もちろんバックには暴力団がいた。ヤクザ組織に「○○企画」などというのがある。こういう組織が、フィリピンから女たちを連れてきて、安い給料で働かせている。

フィリピン女が新宿の店に来るときは、十人でも二十人でも、どこからかまとまって車で来る。真っ黒い車で運転手がついていた。そんな女たちは、どこからか逃げた者が多いようだった。

職務質問で、外国人登録証明書の提示を求めると、だいたいみんな在留期間が切れている。だから警察官に個々で捕まらないように、集団になって車で来るということもあるようだった。

住居は、「○○企画」が借りている安アパートだ。そこに集団で住まわされている。ヤクザ絡みだから監禁状態なのである。そうやって警察には絶対に発覚しないようにしているのだ。だから歌舞伎町で一人で歩いているフィリピン女は、日本人と結婚して、それでも食べていけないからパブなどで働いていると思って間違いない。

入国は観光ビザというよりは、当時、偽造マニアのような者がいて、そういった人が作った偽造ビザで入国していた。

これは聞いた話だが、Kという人物が亀戸にいた。父親はしっかり者の経営者だが、本人は本当にワルで、少年時代に仲間と富士山で人殺しをやっている。盗品を新宿あたりの夜の店に持ってきて売ったりもしていた。

この男は「A企画」という会社を作って、キャバレーのような風俗店を経営していたが、H会とグルになり、フィリピンから女を集めてきて江東区大島の都営団地に住まわせていた。都営住宅の場合、各部屋から外に出るための階段は一つなので、上のほうの階に住まわせると逃げられないからだ。都営住宅なのにどうしてそんなことができるかというと、実際に借りている人が、家を建てたりマンションを買ったりして出て行った後も、借家権はそのままにして又貸しするからだ。私も何回かそんな部屋を見たことがあるが、たいへんなものだった。六畳一間ぐらいのところに八、九人も入れて集団生活をさせていた。

私が城東警察にいたとき、Kの店から逃げてきたフィリピン人がいて、Kを窃盗容疑で捕まえたことがある。刑務所に入っても、しかしすぐ出てきたものだ。Kは、女房もフィリピン人だった。おそらく、殺人の刑期が終わってからフィリピンで生活していたのではないかと思う。だからフィリピンで人身売買をしているバイヤーまで知っていたはずだ。そういうコネは、フィリピンでは簡単に作れるという。

そして、「芸能人」という名目で、女はダンサー、男はミュージシャンとしてフィリピンから呼び寄せる。彼らはタガログ語と英語を話すから、けっこうアメリカの歌をやれるのだ。そうやって綺麗な子をたくさん日本に呼んでいた。

もっと稼ぎたいフィリピン女には、そんな環境から抜け出して、違う店で働いているのもいた。ビザを持っていなくても働かせている店があるからだ。それで、女性を捕まえると、必ず泣かれる。

「私、ヤクザに連れて来られた。そこを逃げた。○○企画から逃げて、今一人でやってる。ビザない。捕まえないで、おまわりさん」

これがフィリピン女のやり方だ。こっちも同情して扱いが甘くなる。

「国には家族、何人いるの」

「五人も六人もいる。それで、お母さん働けない、父ちゃん働けない」

その他、

「日本人と作った子どもが本国にいる」

「父ちゃん、ヤクザ屋さん。だから、逃げてきた」

などと、切実な話になってくる。すると、ついつい……。

こんな状態だから、フィリピン女は捕まえても目の敵《かたき》にはせず、同じ外国人売春婦の中でもフィリピン女の取り締まりにはあまり力を入れなかった。彼女たちはおそらく、実際の稼ぎの三分の一ももらっていなかったのではないかと思う。

客と恋人同士を装う中国人

中国人売春婦は「おさわり三千円、一発一万円」という売り文句でやっていた。中国語で書いてあるビラがあったので、警視庁の通訳センターに電話で訊いたことがある。するといういう意味だった。

今は中国のどこからでも来ているようだが、当時は福建省と黒龍江省の出身者が非常に多かった。だから私の頭の中には、中国は福建省と黒龍江省しかない。けっこう美人が多くて、さかんに立ちん坊をやっていた。コロンビア、フィリピン、あるいは韓国人の女ほど派手ではないが、とにかく正体がわからないぐらいに商売のやり方が上手かった。

まず、中国人がいる店には看板がない。どこで何をやっているのか、本当にわからない。最終的には大久保の旅館風のところに客を連れていっていたのは間違いないのだが。

客を誘うときは、もちろん声をかけるのだが、まともにはかけない。歩いている見込み客に歩調を合わせて自分も歩くのだ。アベックを装うような感じだ。それで話しかける。コロンビア女は直接、

「やる？」

「やらない？」

などとあからさまに言い寄って来るが、中国女はそうじゃなくて、歩きながらなんとなく誘う。彼女らのそばに二人か三人ほど同じ中国人がいたが、ヤクザ者は一度も見た

ことがない。バックにはヤクザ組織はなかったようだ。

野球帽をかぶる韓国人売春婦

街に立っている韓国人売春婦は、みんな野球帽のような帽子をかぶっていた。そして、きちんとした格好で客に声をかける。客が応じてくるとアベックになって二人で歩く。で、客に最初から言う。

「おまわりさんに声をかけられたら、私の友だちとか言って」

だから、現場ではまず捕まえられなかった。帽子をかぶるのは、おそらく顔が見えないようにするためだと思う。それに、『成立売春』が多かった。成立売春とは、簡単に言うと、店で働いている子が口実をもうけて、たとえば明日帰国するとか、お父さんに叱られたから今日どこかへ行きたいなどと言って客を誘うものだ。客は店でまず飲み、そこで交渉が成立していくのだから、職務質問をしたところで「俺の女房だ」などと言われれば警察官はどうにもならない。そういう面では頭の切れる売春だった。

だから、我々は手をつけなかった。犯罪として成立はしないと思う。そんなやり方を昔からやっていたようだ。

そういう意味では、最初に日本で売春をした外国人は韓国人といってよい。私が昭和四十年代に小岩にいたころ、韓国のパブではそれをやっていたし、歌舞伎町でもやっていた。

また、街頭での韓国人売春婦はオカマが多かった。男が女になって売春をやる。これが美人なのである。男美人。N巡査長はしょっちゅうからかっていた。

「お前、綺麗だな。女だったらよかったんじゃねえか」

などと。彼女ら、否、彼らはよく大久保病院の左横にいた。しかし売春容疑で捕まえたことはない。売春専門の警察官も、おそらくなかったのではないだろうか。ただ、「女と思ってホテルに行ったら男だった、なんとかしてくれ」と言って交番に駆け込む若い男はいたが。

その他の外国人売春婦としては、最近はルーマニア、ウクライナなどが多いが、当時はロシアもいた。これはしかし、むしろ錦糸町が多かった。外国人売春婦はそんなところだ。

八十歳の売春婦

日本人売春婦は高齢者ばかりだった。今はもうなくなってしまったコマ劇場の向かいにある映画館のそばに大きなパチンコ店があって、近くにゲームセンターもあるのだが、その辺に中年というより老齢売春婦が集まっていた。年齢は六十から七十、へたすると八十近い高齢者なのだが、外見はすごく綺麗なのだ。

この人たちにはいつも声をかけていたから、いろいろな情報をくれた。薬物を持っている者がいると目で合図をしてくれる。中には、急に綺麗になることがあるので、

「おばさん、顔、全然違うじゃない」

と言ったら、

「整形したのよ」

「いくらかかったの？」

「百万円よ」

「整形なんかしたって変わらないでしょう」

「あんた、何言ってんの、ここ（胸）と顔さえあれば、私は生活ができるのよ」

「そういう客いるの？」

「胸が大きくて顔さえ綺麗だったら、百歳までもできるのよ」

客はパチンコに入れ込む連中や酔っ払いで、それこそ一回五、六千円くらいで、ホテル代は客に出してもらい、一日に一万円も儲かればいいという生活だったようだ。

日本女といえば、こんなことがあった。

ファッションヘルスという、昼間からサラリーマンが並ぶ店があるが、ちょうどコマ劇場の裏のところに小さい公園があって、その近くにもそんな店があった。そこでは「朝一ワン」というサービスをやっていて、要するに出勤前の男性に性的サービスをするという触れ込みの店だ。売春ではない。

その店のヘルス嬢が一一〇番した上で交番に駆け込んできたことがある。大騒ぎをしながら、強姦されたと言う。きちんとした女子高生のような格好をしていたし、彼女がヘルス嬢だとは知らないから、焦った。とにかく歌舞伎町交番だけででも早く犯人を捕まえようと、その子の案内で現場に走った。そうしたらファッションヘルスの店に入っていく。

「何、あんた、ここに勤めてるの？」

「そうです」

なに喰わぬ顔で答える。

「それでは強姦といってもおかしいじゃないか」

その子を交番に連れて戻り、事情を聴いた。

話によると、「朝一ワン」で何回か来た客がいき過ぎて、駄目だと言うのに彼女の女性自身に男性自身を入れたらしい。それで強姦だという。

一一〇番しているので、聴取中に刑事が来た。刑事はいろいろと事情聴取をしていたが、強姦罪にはならないだろうと言う。しかし彼女は被害届を出すと言って頑張る。そのため、刑事は一応、本署に連れていった。でも、何を根拠に強姦罪として立証できるのか、範囲がどこから始まるかと非常に悩んでいた。

それでも彼女は訴えると言うので、最後に刑事が訊いたそうだ。

「お前、処女なのか」

「いいえ、処女ではありません。でも、そこの店でこんなことははじめてです」

「じゃあ、(病院の)先生のところに行くか?」

「何をするんですか」

「相手の男の精液があんたの陰部に入っているか調べるためだ」

「いやです」

「それじゃ強姦されたという証拠がないから、裁判になっても勝てないよ」

「………」

「いいかい。一番いい方法としてはだな、君はあそこを辞めなさい」

女は俯《うつむ》き加減になって、

「ハイ」

と、小さな声で答えたそうだ。

刑事は相手の男からも事情を聴いたらしい。男が言うには、女はいつ本番をやっても構わないというような感じで迫ってきたらしい。女の下着もすぐ脱がせられるし、脱がしてしまうまで何も言わないそうだ。

「男だって、そこまでいったらね……」

などと刑事は言っていた。

情報通の売春オカマ

オカマの売春婦に、ＯＫちゃんという人がいた。いつもオケラ公園のところに立っていたが、その時間が決まっていた。夜の十時ぐらいから朝方の二時ぐらいまでだ。痩《や》せた人で、どこから見ても女の人にしか見えない。痩せたおばさん、という感じだった。私も最初はオカマとはまったく気づかなかった。声も男の声ではまったくなくて、それこそ女の人の声だった。

このＯＫちゃんは何でも知っていて、私が、

「ＯＫちゃん」

と声をかけると、全部教えてくれる。個人的なネタ元だった。誰それが刑務所を出た、というようなことまで知っていた。

どうしてＯＫちゃんが私に情報を教えるかというと、売春婦はヤクザ者に脅かされるので、必要なときはヤクザを捕まえてほしいからだ。そのＯＫちゃんに教わって捕まえたヤクザ者がいる。私とＳ巡査部長の「でんぐり返し事件」というのがそうだ。モノも

言わさず捕まえた。

OKちゃんが、その男は覚醒剤を持っていると言うから、S巡査部長と二人で、

「オイッ」

と声をかけた。

「なんだよ」

「お前、持ってんだろ」

「持ってねえ」

しかしOKちゃんからは、右ポケットに持っていると聞いているから、我々も強気である。

「嘘つけ、コノヤロー、お前の右ポケットにある……」

などと言って有無を言わさず、でんぐり返しをさせて逮捕した。

その他に印象に残る歌舞伎町の女としては、いわゆる夜の女ではないけれど、ホストクラブに入り浸っている肥満女がいた。この女は朝方になると、毎日のようにホストを六人ぐらい連れて交番の前を通る。もうグデングデンになって、

「さよなら、おまわりさーん」

と叫ぶのだ。我々は、それを見ながら「アホか」と笑っていた。夜の女でもないのに

どうしてそんな金があるかと思って訊いてみると、父親が会社を経営していて、彼女はそこに勤めているということにし、かなりの金を取っていたらしい。

この女の子は、一つのホストクラブでは満足できなくて、最終的にはあちこちのホストクラブに行って金を使っていたようだ。そして最後には、精神的におかしくなったという話を聞いた。家で大騒ぎをしたので、父親が心配して交番に相談に来たことがあったそうだ。担当したK巡査長がそう言っていた。K巡査長は三係でゴンゾウ班長の下にいたのだが、一所懸命に仕事をする男で、今では警視庁ナンバーワンぐらいに仕事をしている。

交番に来た父親によると、それこそ何千万、何億という金をその子は使い込んでいたそうだ。さすがに父親が「もう精神科に入れる」と言ったら、「それより酒がいい」と大暴れし、頭がおかしくなったという。

女子大生の売春

ちょっと古い話だが、日本人の女子大生売春もあった。

N巡査長と二人でパトロールしていると、男女がホテルから出てきた。N巡査長が、

「チョーさん、チョーさん、女のほう、つけてみましょう」

と言うので、女性をずっとつけた。すると、あるマンションに入っていった。売春婦の店だと思ったので、ドアをドンドンドンドン叩き、

「警察だ、開けろ」

とやると、若い男が開けた。中を見ると、事務所のようになっている。

「今、女の子入ってきたよね」

「いいえ、入ってきません」

中にいるはずなのに否定するので、ここは売春斡旋業に違いないと睨《にら》んだ。そのときN巡査長が、上手いことやった。

「おねえちゃん！　おねえちゃん！」

と大きな声で呼んだのだ。そこまでされたら居留守は使えない。諦めて女が出てきた。

「ホテルに入ったよね」

とN巡査長が言うと、

「相手は私のお父さんです」

「お父さんだと？　バカ言ってんじゃねえよ。同じぐらいの年頃の男だったじゃないか」

本当に綺麗なお嬢さんである。どうしてこんなお嬢さんが売春しているのかと思い、仕組みについて事務所の男を問い詰めた。すると、登録している女の名簿を出してきた。女たちには履歴書を書かせ、ハンコまで押させている。少しやり過ぎではあったが、「ちょっと見せろ」と言って中身を見た。慶大、東大、早大など六大学の学生がぞろぞろいる。学部まで書いてある。写真つきである。履歴書の下には欄があって、「バッグがほしい」「ヴィトンがほしい」「海外旅行に行きたい」などと、売春の目的が書いてある。

ふっと事務所の中を見たら、女性がたくさんいた。時間のあいた女が電話が入るのを待っていたのだ。これには驚いた。

女の覚醒剤売人

明治通り沿いの新宿六丁目に日清食品本社ビルがあるが、その左側にマンションがあって、ヤクザ者の事務所がたくさん入っている。その地下にはコインランドリーがあるのだが、付近を夜中にパトロールしていると、必ずそこで洗濯している女がいた。なぜ夜中にいつも洗濯をしているのかなあ、と気になっていた。

あるとき、その女に職務質問してみた。その辺をパトロールする目的はヤクザ者を捕まえるためなのだが、いつもいるのでおかしいと思ったのだ。女をよく見ると、洗濯をしてはいない。ただ洗濯物は持って来ている。どうやら警察官が来ると、洗うふりだけしていたようだ。そこまでを見て取って、これは絶対におかしいと、詳しく話を聴いた。

それによると、女の旦那がシャブ中で捕まったので、コインランドリーの上階に事務所がある親分に頼まれて、覚醒剤の売人をやっていたようだ。所持品を調べると、ティッシュの中に覚醒剤を四パケ（袋）ほど持っていた。それで私が、

「覚醒剤所持の現行犯だよ」

と言うと、泣くのである。

「私は一回も打ったことない。ただ売って何が悪いんですか。うちのオヤジは刑務所に行くまでずっと打っていたけど、私は打ったこともない。持ってるだけでひっかかるなんて知らなかった。それに、オヤジは覚醒剤と言わないでヒロポンだと言ってたから、自分もそうだと思っていた」

「オヤジさんの年齢はいくつ？」

「七十歳です」

昔は楽器を抱えて流しをやっていたが、そのうち飯島連合系の親分になったらしい。

そして注射を打つときは、「いいか、これは元気の出るヒロポンだから」と言っていたようだ。

「ヒロポンって何だ？」

と訊くと、

「今、私が売ってるのと同じようなものです」

「これは覚醒剤っていうんだよ」

女の逮捕歴を調べても、前歴は本当に何もなかった。事情もわからずにやらされていたようだ。本署に連れていったので、刑事が逮捕したと思うが……。

まだ三十代の女で、「オヤジ」と言うから、てっきり自分の父親かと思っていたら、自分の愛人をそう呼んでいたのである。ちょっと可哀そうではあったが、覚醒剤が一般社会に浸透するのを防ぐには仕方なかったと自分を納得させている。

歌舞伎町ではいろいろな夜の女に出会ったが、どうしても彼女たちは憎めなかった。私が女好きだからということではなく、可哀そうな女性が多いのだ。この女にせよ、売春している女にせよ、健気《けなげ》とでもいうか……。なにせ自分の体を売るのである。そこまで追い込まれているのだ。中には大学生売春のように、贅沢に憧れて身を販《ひさ》ぐ者もいるけれど、それはむしろ少数派、例外と言えるかもしれない。

第三章　女子高生の生態

金持ちの子ほど貪欲

歌舞伎町にはいろいろな女子高生が集まって来ていた。当時の女子高生は、ルーズソックスを履いていたので、一見してわかった。金持ちの娘がけっこう多く、貧乏な家庭の子はあまりいなかった。

彼女らは、歌舞伎町に来るとまずトイレで制服から普通の洋服に着替える。でも靴だけはそのままなので、我々が見るとすぐに高校生だとわかった。カバンは必ず紙袋に入れていた。あるいは、コインロッカーに入れる子もいた。金持ちの子は化粧もしていた。そうやって準備ができると、二人か三人で街を歩く。

そういう子たちは、いろんな形で商売に利用されていた。本人はお金がほしいから、喜んで利用される。彼女らが親からもらう小遣いを訊いてみたが、悪いことをしている子は当時で一万円ぐらいはもらっていた。普通の子は五、六千円が相場だったから、一万円や二万円は多いほうだ。

多くの小遣いをもらっているのに、どうして悪いことをしてでもさらに金をほしがるかというと、小遣いが高いと贅沢に慣れてしまい、もっとほしくなるからだ。普通の子は一カ所で遊んで満足するのに、そういう子は満足できずに二カ所、三カ所と遊ぶので金が足りなくなる。また、着る物や化粧も派手になる。当時はネイルアートなどはなかったが、髪の毛をいじるのが流行《はや》ったり、ルーズソックスにも金をかけていた。それに、化粧道具にも金をかけた。だからどうしても金持ちの娘ほど金をほしがるようになる。

地獄の登竜門

最初はどんな風に誘惑されるのか。彼女たちはどんな格好をしていても、我々が女子高生とわかるくらいだから、街の男たちも当然わかる。だから、彼女たちが歩くと、必ず声をかけられる。

「おねえちゃん、うちでね、いいアルバイトあるんですけど」

案内されるのは歌舞伎町から若干離れたところが多い。新宿大ガードをくぐって右に曲がり、大久保方面に少し行ったあたりのビルに、そういうことをしている事務所があった。そこでは応対するのは、普通のきちんとした店長クラスの男性だ。

「うちのお店でちょっとアルバイトしてみない？」

「どういうアルバイトですか」

「ただ、いてくれればいいから。飲み物とかは何が好きなの？」

「ジュース飲みたい」

「ああ、それはいい。うちでね、ジュース飲んでくれるだけで、それだけでお仕事になるから」

まさか、と彼女たちは半信半疑になる。そのとき、ただ一つ条件がある、とつけ加える。

「横におじさんが座って話しかけてきたら、返答だけはしてちょうだいね。どこそこの学校だなんて言わないで、ここのオーナーの娘とか、この店を知ってる人の姪だとか適当に言えばいいから」

彼女たちは、なるほどと納得し、了解する。

さていよいよ店に行こうというときになって、店員が忠告する。

「いい店だからカバンは置いて行きなさい」

彼女らは言われたとおり、財布だけを持って出かけることになる。ところが、カバンには教科書の他に身分証明書から何から全部入っている。店はそれを調べて控えるのである。そして、それを材料にして脅しをかけることもある。

さて、カバンを置いた彼女たちが行くのは、コマ劇場の斜向《はすむ》かいにあるビル群だ。あの辺には、そういう店がたくさんあった。その多くが地下二階とか三階で、客は立ちん坊から引っ張られて来る。

「若い子がいるから遊びに来ませんか。いくらでも若い子がいますよ」

すると客は、助平根性でやってくる。年齢は三十～六十代が多い。中に入ると、店員が言う。

「女の子はまだ高校生ですから、何をご馳走してもいいですが、お酒だけはやめてくださいよ」

もちろん、中には二十歳過ぎた子もいるので酒を飲んでいいという子もいるが、基本的には飲ませない。

店内は各席が仕切られていて、他からは見えないようになっている。昔で言う同伴喫茶と同じだ。そして中は暗い。高校生が行くような店ではない。だが、女子高生の中には制服のままの子もいる。また、何回か声をかけられて常連になっている子もいた。

常連になる子は、結構いい思いをしたからだ。かわいい子だと、何もしないのに客がお金をくれることもある。助平な客だと体に触ったりして、その代償にお金をくれることもある。そういうところから、売春などにも発展していくのだ。

ついでに言うと、そういう店では早い時間帯には高校生がいるが、遅くなるとキャバクラなどで働いている女の子と交代する。キャバクラは午後八時、九時から始まるので、その前にひと稼ぎするようだ。あるいは、そういった店でキャバクラに同伴する客探しをしている。客が金を持っているとわかるとキャバクラに誘うのである。店に隠しカメラが置いてあり、客が財布を出すところをバッチリ撮影して中身がわかるようにしてあるので、金のありなしは一目瞭然なのである。

料金は、高校生がいる時間だけで終わると五、六千円。女の子はただジュースを飲んでポテトチップスを食べるだけだから、そんな料金でも十分採算が取れる。もっと遊びたい客は、キャバクラ嬢が来るのを待って酒を飲む。それで酔っぱらわされるのである。ただし、あまり悪いことはされない。

しかしこういった店は、女子高生にとっては、地獄への登竜門といえる。

ホストの喰い物に

女子高生はホストの喰い物にされることがある。ホストに声をかけられて、店に連れていかれるのである。

「あんた、綺麗だね、綺麗だね」

などとおだてられて。N巡査長がよく摘発していた。

たとえば朝の西武新宿駅前では、女子高生が通学のために駅から降りてくる。その中から、これという子に目をつけて名刺を配る。

「かわいいねえ。よかったら学校帰りにでも遊びに来てよ」

もちろん、名刺をもらった女子高生は驚く。何カ月分の小遣いを使っても行けるような店ではないからだ。ホストもその点はよくわかっている。だから、戸惑う女子高生に対して、

「お金なんか心配しなくていいよ。かわいいからさ、あんたみたいな子がタイプなんだ」

などと言うのだ。その言葉に興味を示すようであれば、すかさず名刺の裏に携帯電話の番号を書いて渡す。

「これ、あんたにだけだよ。あんたかわいいからね」

そうやって、何人かの女子高生に毎日声をかけるのである。

女子高生から電話があれば、とにかくお金はいらないから遊びに来てくれと誘う。それで、一回目は実際にタダにする。彼女たちが来るのはまだ早い時間帯だから、店はヒマであり、ホストは手持ち無沙汰《ぶさた》だ。だからその子の周りに集まって、みんなでチヤホヤする。なにせ、ホストの中にはアイドル歌手みたいなのがたくさんいるので、女の子はポーッとしてしまうのだ。

実を言うと、ホストはド田舎の出身の者が多い。九州、北海道、東北などから出てきたばかりだったりする。しかしホストになるときは、まず髪を真っ赤にして、眉毛を切ったり剃ったりする。目には青いコンタクトを入れて眸《ひとみ》を青くする。こうすると、もう外国人のような、いい男に見える。テレビに出てくるタレントのような格好になる。そういうのに囲まれてチヤホヤされるので、純情な彼女たちはいい気持ちになってくるのだ。

そうすると、ホストクラブが忘れられなくなって再び訪れる。もちろん、前と同じようにチヤホヤされるのだが、今度はタダにはならない。二十万円、三十万円の請求がくる。もちろん女の子は怒る。

「お金の心配はしなくていいって言ったじゃないですか」

ホストはもちろん、そのことも計算している。

「自分一人じゃないからいつもいつもタダってわけにいかないんだ」

などと弁解して、やおらアルバイトに誘う。

「お金はツケでいいからさ、あんたかわいいからお店を紹介するよ。そうしたらここで毎日でも遊べるんだよ」

あとはキャバクラやエステを紹介してそこでアルバイトさせ、その金をクラブで使わせる。

中には被害届を出す女子高生もいた。N巡査長が扱ったケースだが、その子は親が金持ちで、ホストクラブに入り浸りになった。飲まないのにドンペリまで開けられて、何千万円と注ぎ込んでいた。自分だけではなく友だちまで連れていっていた。本署で扱ったので結果は知らないが、ここまでくれば、地獄の二丁目といったところだ。

女子高生を買った教頭

地獄の三丁目は売春である。客とつながるのはデートクラブが多かった。女の子が街で声をかけられてついて行き、悪い子は売春するのである。

デートクラブには個室みたいなスペースがある。それこそ昔で言う、赤線のような部屋である。そこで客が、「あの子がいい」「この子がいい」と選ぶわけだ。高校生が結構ひっかかっていて、被害届を出して親が来たこともある。

制服姿でホテル街をうろつき、通行人に声をかけてエンコー（援助交際）をする女子高生も少なくなかった。

こんなこともあった。

日曜の午後二時頃、四十代の男が交番に駆け込んできた。あとでわかったのだが、中学校の教頭先生である。

「すみません、私、今、女子高校生らしい女にホテルで財布を盗まれました」

詳しく事情聴取したら、何を隠そう、教頭先生という立場を忘れて、自分から女子高生をホテルに誘っているのだ。ことをなす前にシャワーを浴びている最中に財布を持っていかれたわけである。だから、付近を捜してその女子高生を確保して交番に連れてきた。その子はそれまでにも何回か盗みをやっていて、うまくいっていたのでまたやったのだろう。

それはいいとして、驚いたのは、その子に対する教頭のセリフである。

「どうでもいいけど、お前、コノヤロー、やらせねえんだから金返せ」

本番ができなかったから払った金を戻せ、ということだ。それで私が訊いた。

「あんた、仕事何やってるの」

「学校の先生です」

「えっ、先生？　どこの」

「埼玉県の所沢にある中学校です」

「そうか、わかった。学校に連絡する。教頭はなんという名前だ」

「そのう、私が教頭です」

「なに、コノヤロー！」

その前にも私は、この男がホテル街で女子高生に声をかけているのを何回も見ていた。まさか、その男が教頭とは驚きだった。だから言ってやった。

「オレはお前を何度も見ているぞ、女子高生に声かけてんのを。どんなつもりだ」

教頭はしかし、平然としている。

「はい、何回もありましたよ」

「いい加減にしろよ、お前、よくここへ来たな。俺だったら、十万、二十万盗まれても来ねえよ。だいたいお前、偉そうに中学生に教えててね、生徒と変わらないような子とエンコーだなんて何を考えてんだ」

今なら援助交際も相手が十八歳未満ならすぐ捕まるが、当時は援助交際だと言えば捕まらなかった。だから交番にぬけぬけと来たのであろう。頭に来たから言ってやった。

「あんた、教頭のくせにそんなことをするんなら、学校に連絡するよ」

するとさすがに、

「それだけは勘弁してください」

涙を流して謝っていた。だからこのときは連絡はしなかった。

ところが、だ。また、ホテル街をうろついて女子高生に声をかけている。さすがに私も頭に来たので交番に連れてきた。そして校長先生に電話した。

「それはいけないですね」

で、終わりである。その後もこの教頭を何回か見かけている。ナントカ癖は直らないというが、呆《あき》れてしまった。

芸能界入りをチラつかせて

最近は女子高生の薬物依存が言われているが、当時はまだ、高校生が覚醒剤をやっているという話はあまり聞かなかった。歌舞伎町時代の最後の頃にはいわゆるＭＤＭＡなどが非常に流行って、女子高生がヤクザ者にだまされて使っていた程度だった。ちょっと太った子には、

「痩せるいいクスリだよ」

と、一錠三、四千円のクスリを三、四万円で買わせていた。注射器で打たずに済み、飲めば痩せるというので、ジュースなどと一緒に飲んでいた。親が娘を連れて歌舞伎町交番に来たこともある。

「このクスリは何ですか」

と心配していた。

親だけで来たこともある。買ったのはどこそこのおじさんからだというのでその男を捜したが、結局、見つからなかった。当時、ＭＤＭＡは女子高生の間ではかなり浸透していたようだ。

一度、大麻所持で女子高生を補導したことがある。職務質問をして財布を開けさせたら、丸薬のようなものが入っている。ハシシュではないかと思って本人に訊くと、

「知らない」

「知らないって、君、これクスリじゃないの」

「知らない」

よけいおかしいと思って追及したら、イラン人が千円で買わせたようだった。

ハシシュというのは、いわゆるドロドロした大麻を固めたもので、ストローで吸う「あぶり」で使用したりする。これもイラン人がよく売っていた。それで、カバンなどを全部調べたら、大麻がたくさん出てきた。その子は短大まである高校に通うお嬢様だったが、まだそれほど使ってはいなかった。本人も大麻かどうか半信半疑だったようである。

大麻のことをマリファナとも言う。マリファナは洋画などに出てくるから、興味本位でやるのだろう。当時は勝新太郎がパンツに大麻を隠していて捕まったことが話題になって、あのときも「マリファナ」と称していた。だから、「芸能人があそこまでやるんなら私らも」という感じだったのだと思う。

N巡査長は、こういうのを摘発するのが上手かった。彼のいいところは、いろいろな情報を集めていて、怪しいと睨んだ女子高生がいるとタタタタッと駆けより、

「タバコ持ってない？」

などと訊く。それで所持品を出させて、

「何よ、変なの持ってんじゃん、ほら」

大麻もだが、男が本番のときに使うスキンを見つけるのは特にうまかった。そして、

「何でこんなの持ってるの？　ってことは、君、変なことやってんじゃないだろうね」

と追及する。そして私に、

「高橋さん、部長、チョーさん、やっぱりね、売春やってますよ、これ」

彼はそういう面では天才的だった。

ただ、総じて女子高生はそれほど悪質ではなかった。タバコを持っていて補導したということはままあったが、逮捕までいくことは少なかった。悪いのは、そういう高校生を使って商売している店である。

女子高生を集める手口は二つある。一つは、先に触れたように、小遣いをたくさんもらっている子にかぎってもっと金がほしくなる。だからアルバイトで誘うのが一つ。それから、ホストあたりに声をかけられると自分がモテると錯覚する。

「芸能界みたいなところに行きませんか」

「ちょっとモデルさんやってみませんか」

などとおだてられ、自分でもちょっと自信があると、

「あ、いける」

と思ってしまうのだ。

ホストの連中はよく「スカウト」という言葉を使う。「スカウト」は芸能界を連想させるから、余計その気になってしまうのだ。

ホストクラブでなく、ジュースだけ飲んでいればいいという店でも、

「ジュースを飲んでると、いい人が来てスカウトしてもらえるよ」

などと誘う。だから当時は、

「スカウトされたい」

などと彼女たちはよく言っていた。

もちろん、本当に芸能関係に誘われた子もいたようだ。しかし、芸能界と言っても、どちらかと言えばロマンポルノだったが。

ウブな男子とオトナの女子

女子高生はある意味オトナだ。金の使いかたも半端ではない。香水だけでも三、四万円もするようなものを持っている。

「高校生なのに、なんでお前香水をつけるんだ」

「私、男の子から臭いって言われるの嫌だから」

と、こんな調子である。「ワキガじゃねえのか」などと私は冗談を言ったものだ。また、化粧道具は本当にいいコンパクトなどを持っていた。

「高校生がお前、そんなのいらねえだろ」

「今の高校生はみんなこうやって薄化粧するんだ。先生だって薄化粧はいいって言ってるもん」

着る物も高級ブランドで、そのうえ薬物にも金を使っている。すべて興味本位なのである。

こんなわけで、私が歌舞伎町で一番感じたことは、女子高校生は、ほとんどオトナと変わらないということだ。我々の高校時代とはまったく違う。我々の時代より十歳ぐらい上である。

言うことも昔とは違う。交番に連れていこうとすると、

「はっきり言ってそれは任意ですか、強制ですか」

裏情報にも詳しくて、性的なことを訊いても全部知っていた。歌舞伎町に来ている子たちは、ほとんどが中学校時代から男の子との交際経験があると言ってよい。それほど彼女らはみんな「優れ」ていた。

こんなことがある。

歌舞伎町のホテル街で高校生同士がホテルに入ろうとしていた。それで私が職務質問した。

「お前ら、なんだ、ふざけたことやるな」

そうしたら男の子が心臓マヒを起こしたようで、気を失った。私は慌てて救急車を呼んで病院に送り込んだ。

相手の女の子に男の子との関係を訊くと、その男の子とははじめてホテルに入ろうとしたらしい。もともと心臓の弱い子でもあったようだ。二人は千代田区麹町付近の男女共学の学校の生徒で、二年生だった。どうも男の子にとってははじめての経験のようだ。だから、今日は絶対その子とできると緊張していたのだろう。ところがホテルに入る寸前に職務質問されてドキッとしたのだと思う。その日は食事もまともに食べていなかったらしい。よほど緊張していたのだろう。

これには私も驚いた。

「あなたに声をかけられてウチの子が死んじゃった」

などと親に叱られてはたいへんだから、病院までついて行った。そして病院の先生に状況を説明した。すると先生は、

「いや、それはしょうがないですよ、おまわりさんですからね」

と言ってくれた。その言葉が慰めだった。

男の子は、病院で注射を打つとすぐ意識を取り戻した。親を呼ぶと言うと、その子は呼ばないでくれと頼む。しかし、倒れて救急車まで呼んだのだから、一応、親を呼んで事情を話した。親は意外だったらしく、

「まあ、ホテルに行ったのですか？」

と驚いていたが、すぐ回復したせいか苦情は言われなかった。

対照的に、女の子は平然としていた。ホテルは何回も経験があるのか、シラーっとしているのである。わざわざ歌舞伎町のホテル街に来るくらいだから、慣れているのではないかと思った。

男はウブで子どもなのに、女はオトナ、というのが歌舞伎町で見かける高校生のナマの姿だと言ってよい。

自己中心的な親たち

警察の世話になるような女子高生の親を見ると、金持ちが多い。

たとえばデートクラブで売春をやっていた子は、いいところのお嬢さんだった。でも、三、四週間も前から学校に行っていなかった。親には友だちの家に泊まっていることにしていたのだ。父親は、女の友だちの家だと言えば必ずオッケーを出すらしい。それは安易ではないか、と母親に訊くと、

「お父さんがオッケーだったから、私のほうはいちいちあえて言いません」

要するに、過保護ではなくて、あまり子どもにかかわらないという感じなのである。これは最近の親の一つの欠点だと思う。あまり干渉して子どもに嫌われたくないのだ。学校はお嬢様学校で、授業料さえ払っていれば、タバコを持っていようがライターを持っていようが、隠していれば問題にされない。教師も私物に関してはあまり干渉しないらしい。

それとは反対に、雨が降ればベンツで子どもを学校まで送り迎えするなど、過保護の

親も多かった。数の上ではそのほうが多かったかもしれない。

交番にはいろんな親が来た。交通手段は電車ではなく自家用車だ。それも、ヤクザ者が乗るような高級車である。交番のそばに車は停められないのに、わざわざ交番にくっつけて、

「車置かせてください」

などと言う。

「駐車場に入れてきてください」

「呼び出されたんだから、いいでしょ」

「すぐそこに駐車場があるんですよ、ちょっと行くと左側にね。そこに入れてくださいよ」

それでも聞かない。そんな感じの親が多かった。

こんな親もいた。女子高生ではないが、ある東大生が交番の前でセーフティコーンを蹴飛ばしていた。注意しても注意しても蹴飛ばす。その上、交番の裏に小便をする。そのたびに注意したがまったく聞かないので、親に電話した。

やって来たのは母親だ。交番の奥に息子を連れていき、母親の目の前でさんざん説教した。

「お前、コノヤロー」

などとかなり気合を入れた。そうしたら、

「うちのお坊ちゃんにこんなことして」

と、その母親は息子に抱きついたのである。

事情を聴くと、その息子はどこか一流会社に勤めが内定したそうだ。そのため今日は酒を飲んだという。だから言ってやった。

「お前、こんなことしたら、その会社に電話するぞ」

そうしたら母親が泣きながら、

「勘弁してください」

はやばやと連れて帰ったのである。過保護の典型のような母親だった。

自分と我が子のことしか考えていない、というより、本当は自分のことしか考えていないのだ。子どもがかわいいといっても、子どもは自分のお飾りだからネコかわいがりするだけで、本当は我が子のことも眼中にない。ましてや周囲はどうでもいい。

だから、こんな親は呼び出すと嫌がる。本当の意味で我が子がかわいいなら、すっ飛んで来るはずだ。しかし嫌がる親は、どんなに過保護でも、自分自身がかわいいだけなのだ。交番にいるとそんな親の姿がよく見えてくる。

女子高生が好きなN巡査長はいつも言っていた。

「あんなにお金があるのに、親がバカだから子どもも駄目になるんだ」

警察官の一人娘も

歌舞伎町に来る高校生を多く見ていると、悪い道に入る子の親には一人親が多いように感じられる。みんなでカレーライスを食べながら女子高生の親について話し合ったことがあるが、捕まえてみるとそんな意見が多かった。もちろん、一人親の子でもしっかりしている子もいるし、両親がいて家庭的に何の問題のない子でもワルの道に入る子もいる。あくまで、我々が見回っているときに感じたことである。

実は、ワルの世界に入っている子で、警察官の娘がいた。

新宿三丁目で、ある車に声をかけた。運転手が韓国人で、後ろに女の子が乗っている。その子があまりに若いので、

「君はいくつなの」

と訊《たず》ねたら、しばらくモゾモゾして学生証を出した。まだ高校二年生である。それで

運転手に、

「お前のところは、経営者はどういうやつなんだ」

と訊いた。

「いや、韓国料理のお店です。私もそこでアルバイトをしています」

明らかに嘘をついているので、

「お前、コノヤロー、ふざけたこと言ってんじゃねえ」

実は、ホテルにその子を連れていく途中だったのだ。その子は高校二年生なのに、ホテルでサービスをするデリヘル嬢だったのである。

そこで、女の子に事情を問いただした。驚いたことに、その子の父親は刑事部の警察官なのである。しかも一人娘だ。どうなっているのかと本署に連れていき、家出届が出ているかを確認したが、出ていない。

「君はいつからこういう仕事やってるの」

と訊くと、三カ月も前からだと言う。

「何でそんなことやるようになったの？」

と訊いた。するとやはり、母親が亡くなっていた。

私もそうだったが、刑事の父親は娘と話す機会がない。その子は父親に相談しようと思ってもあまり聞いてくれず、父親は忙しいから、家に帰ればすぐ寝てしまう生活だ。その点はやむを得ないと思う。

ただ、残念だったのは、普通なら家出すれば家出届を出すのだが、この父親は恥をかきたくなくて出していなかったことだ。半年前から家出しているのにそのままにしていたのだった。

それで私がこの刑事に電話した。

「高橋さんの言うとおり、私はもう仕事辞めます。今後は娘のために生きます」

この刑事は本当に仕事を辞めた。あと四年ぐらい残っていた刑事生活を、娘のために捧げると言っていた。娘の亡き母親にそう誓ったそうだ。いい話ではあるが、悪い話でもある。

その子はもう何回か売春していた。ただ、若くて綺麗なわりには、着ているものが臭かった。洗濯もせずに同じものを着ていたようだ。

とにかく、話を聞いて最初に出したのが学生証だったので、これには驚いた。可哀そうだった。同じ警察官として、自分の娘がこんなふうになったらどうしようかとも思った。

一人親なのに終日働きずくめに働いているのだから、その辺の事情はわからないわけではない。しかし、子どもが家出していても届けを出さないということが、やはり一番の問題だったと思う。

家出をしている子の家庭は一人親が多かった。どうしても、そういう子は同じ境遇の子とつき合うようだ。だから、家に電話しても誰も出ない。

「お母さん、何やってるの」

「夜までどこかスーパーで働いてる」

という具合だ。ワルに走る子は家庭に何らかの問題があることが多かったが、やはり一人親家庭が最も目立った。親が帰って来るまでに家に帰ればいいので、時間は自分で作れるからだ。

そうして、いつの間にか歌舞伎町に流れ込んで地獄の穴にはまってしまう。私にも同じ年頃の娘がいたため、女子高生のそんな姿を見ると胸が締めつけられる思いだった。

第四章　クラブ、風俗店、ホテル

ぼったくり名所

歌舞伎町名物はなんといっても「ぼったくり」だ。そして、ぼったくりといえば、「六大学」というクラブをすぐ思い出す。

Fという男がいた。この男は六大学どころか中学校しか出ていない、私のような男である。しかし、いかにも六大学OBのような顔をして店を経営していた。

客はそんなことを知らないので、「『六大学』というと、早稲田か慶応か、それとも明治かな……」などと勝手に連想して店に入る。早慶戦なんかが終わると、みんな連れだっていくから満員だ。その点では頭のいい男だった。コマ劇場の裏のほうにあったのだが、今はどうなっているのか。そこの客が、よく交番に来ていた。

「ぼったくりにやられました」

と。最終的にはこのFという男は、下半身不随になったという。

「M」という店もぼったくりで有名だった。ぼったくりの名所である。ホステスは中年以上の女ばかりで、平均六十歳ほどである。客を案内するときは地下からこっそり出て

きて、

「いらっしゃい、いらっしゃい」

と、店の裏側のほうに連れていく。要するに出入口を見せないようにして店内に入れるのだ。そして、カモになりそうな客だと一所懸命にサービスする。昔はキャバレーにいたホステスばかりだから、接客が上手いのである。そこまではいいのだが、頃合いを見計らって、酒に目薬を混ぜたり、アルコール度数の高い酒を飲ませて眠らせる。

客が眠ると、その間に酒を床にこぼし、いかにも客がこぼしたり反吐《へど》を吐いたような状態にして、その横に高級酒の空き瓶を並べておく。あの当時で言うと、いわゆるドンペリや、ウィスキーではジョニ黒やジョニ赤など、とにかく高価なことで評判の酒瓶を置くわけである。そして写真を撮る。

客が目を覚ますと、

「あんたがこれやったんだよ」

本人はすっかり酔いつぶされているから何も覚えていない。服や絨毯《じゅうたん》を見ると自分が嘔吐《おうと》したみたいになっている。私が行って調べると、本人が吐いたというよりも、かけられたように見えるが確たる証拠はない。結局、客は諦めて請求額を支払うわけである。

もちろん、本人はそんな大金を持ち歩いてはいない。そこでホステスが客を銀行に連れていき、金を下ろさせるのだ。

とにかく悪質だった。「六大学」と「M」はぼったくりの双璧と言ってよかった。

酔わせて眠らせて……

ぼったくりの手口はいろいろあった。

あまり悪質でないのは、たとえば実際は二万円のところを五万円とか十万円とふっかけるものだ。そんな店は、客が現金を持っていなければ「明日持ってこい」と言って解放する。客はいいかげん脅され、身分証明書などを取られているから、翌日支払いに行くのである。

中には、翌日になって、その店に行くのが怖いために交番に来る者がいる。そんなときは店長を呼びつけて、

「また、お前んとこはぼったくりやってんのか」

と叱りつける。たいていはそれで終わりだ。客は一銭も払わなくてよい。

もう少し悪質になると、アルコール度数の高いウォッカをジュースに混ぜて酔わせ眠

らせる。九十八度などという酒もあるので、眠らせるのは簡単だ。そして朝になると起こして、十万円か二十万円かの伝票を見せる。基本的には先の「M」と同じ手口だ。大半は現金を持っていないから銀行に連れていって下ろさせる。もちろん、必ず誰かがついて行く。

もっと悪質になると、キャッシュカードの暗証番号を訊き出して勝手に下ろす店もある。残高全部を引き出すこともあれば、ちょっと〝良心的〟なところは、五万円だけ残して引き出すとか、いろんな店がある。

中には手の込んだ手口の店もあった。

かわいい女の子が道端で、社会的に地位の高そうな人に声をかける。そして、「約束していた友人が来なくなった」とか、「今日はむしゃくしゃしてるから久しぶりに歌舞伎町に来た」といった口実で店に誘う。店に入ると、その子の友人という名目でママが近寄って来る。そのときママが、

「お支払いはカードですか現金ですか」

「カードだ」

と答えると、会社名を訊いてそのカードが有効かどうかを確認する。それで、オッケーだとわかると、ママが思い出したように言う。

「そうだわ、今日は○○ちゃんのお誕生日だわ。みんなでお祝いしましょ」

客だって他人事《ひとごと》ではいられない。奮発して高いボトルを注文する羽目になる。このため支払いは「十二万円」などと高額になる。客はしかし文句は言えないという寸法なのである。

もう少し悪質になると、前述のように酔いつぶしておいて店内の電気を消し、朝までぐっすり眠らせる。朝になると店員が東京駅まで行って、その客のクレジットカードで東京―新大阪間の新幹線の回数券、二十枚綴《つづ》りを買い、それをすぐ買い取り屋に売るのである。客は店から離れた公園などに連れ出して放置する。

そういう店はたいてい地下にあって、入口と出口が分かれているから、目が覚めてもどの店かわからない。よくそういう客が交番に来ていたものだ。

クレジットカードの暗証番号は、酔っている客から口実を作って聞き出すようだ。あるいは、一度カードで決済させるという手もある。客が機械に暗証番号を叩き込むとき、近くから簡単に盗み見ることができるので、その番号を控えるわけである。またその頃は誕生日を暗証番号に使う人が多かったから、懐を探せば暗証番号はすぐにわかるということもあった。

ぼったくりの手入れはO巡査長とN巡査長がよくやっていた。この二人はマメで、機会があれば呼び込み（立ちん坊）とホステス、経営者や店長の顔写真を撮っていたものだ。その写真に名前と撮影した事情を添えて保管するのである。『備忘録』といって、交番の常備品だった。そして、客が「ボラれました」と来たときは、どんな男に連れていかれたか、どんなホステスだったか、と写真を示して確認する。店がわかると店長を呼びつける、という具合だったのである。

イソギンチャク事件

そんな中で、妙な相談を受けたことがあった。

交番に来て、何ごとかを訴えるのだが、タオルで目隠しされてどうのこうのと、少しも要領を得ない。それで、五万円取られたなどと言っている。そして、

「でもそれはいいんだけど、綺麗な女の……」

「それで、どうしたんですか。落ち着いて話しなさい」

しようがないから落ち着かせるためにお茶を出して、詳しく事情を訊いてみた。どうやら街で綺麗な女に店に誘われて、途中、タオルで目隠しされて店に入ったようだった。

しかし本人はどの店に入ったかわからない。おそらく、道端ではなくビルに入ってから目隠しされたのではないかと思うのだが判然としない。

店に入ると、けたたましい音楽がかかっていて、やっとタオルを外された。目の前には綺麗な子がいて、その子の前でしばらく飲んだ。少し調子がよくなったところで、

「はーい、みなさん目隠ししてください」

スピーカーから女性の声が聞こえる。すると客全員が一斉に目隠しされ、そのままで飲みつづける。

「目隠しされてる間に、女の子がブスとかおばちゃんに替わったんじゃないの？」

と訊いたが、最後まで同じ子だったと言う。それからしばらくすると、またアナウンスがあって、

「こんどはかわい子ちゃんのおひざの上に乗りましょう」

それで一斉に女の子のひざに乗るそうだ。おそらく、向かい合わせに乗るのだと思う。女を触りながらズボンのチャックを開け、すでに勃起している男性自身を女の子の中に入れると、まあこんな感じなのである。

「じゃあ、なんでここに来たの？　五万円は高過ぎるってこと？」

「いや五万円はいいけど、なんかおかしい」

と言う。射精するともう終わりで、三十分もしないうちに店を出されたそうだ。出るときもずっとタオルで目隠しをされていたので、なんだか怪しい、というのが男性の言い分だった。

それでN巡査長に訊くと、

「チョーさん、それは○○ですよ、きっと」

その店に行ってみた。中の様子を見ると、みんな確かに目隠しをされている。客には一人一人女がついて、向かい合って腰の運動をしている。しばらくすると、女が一斉に何やらを持ってトイレに行く。それでA巡査部長が、

「それ見せてみろ」

と言うと、女の子が慌てだした。実はオトナのオモチャだったのである。客は本物の女性自身と思っているのだが、実際はオモチャの中に男性自身を挿入していたのだ。

「イソギンチャク」と言って、イソギンチャクのようなものに男性自身を挿入させて締めつけるオモチャがある。男性自身を入れるとギュウ、ギュウ、ギュウと締めつけるのである。とにかく巧妙にできていて、電池で動くようになっている。触ると毛が生えているような感触なので、目隠しされた客は本物と勘違いしていたのである。

店としては回転を速くするため、客が店に入るとすぐ女の体を触らせたり、胸を吸わ

せたりする。だから客はすぐに興奮して本番の態勢になる。ゆえに、三十分で終わるわけであろう。

しかし、まさか本番というわけにはいかないので、下だけはイソギンチャクを使う。これは女の子から聞いたので間違いない。イソギンチャクを使うときは目隠しをきつく締めるという。ゆるいときは、客に、

「もっと締めなさい」

と言うそうだから、客も奴隷のようなものだ。しかし本気になっているから誰も文句は言わない。店長に訊いてみた。

「こんな店を誰が考えたんだ」

「さあ……」

呼び込みから雇われ店長になっているからわからないと言う。他の店長が考えたアイディアなのか、女の子が考えたのか……。その店は、女はみんな日本人だった。

これを愚連隊防止条例（迷惑防止条例）でやるか風俗営業等の規則及び業務の適正化等に関する法律でやるか。風俗だけじゃなく、なんとか立件できないかと思ったが、それ以降、どうなったかわからない。おそらく風営法で検挙したのだと思う。

おさわり、本番……

もう一つ、歌舞伎町の西武新宿駅の近くに、昼間から本番をやらせる店があった。表向きは飲み屋なのだが、その店で金を盗まれたと一一〇番通報が入った。そのとき、この際だと思ってわざと店内に入った。

中は個室になっていてシャワー室があり、滑るベッドが置いてあって、そこで本番をやっていたらしい。店長が、

「個室ではお酒で接待している」

と弁解するから、

「お前、何がお酒で接待だよ！　これセックス産業じゃないか」

と言った。そのうち、この店長とは仲良くなって、いろいろ報告を受けるようになった。

「今度は何人入りました、うちはいくらです」

など。当時、この店では本番が一万五千円くらいだったから、本当に安くやっていた。女は日本人の他、いろいろな外国人がいた。

中国人売春婦の拠点は大久保だと前述したが、歌舞伎町にも店があって、客から金を盗んだりしていた。「ちょいの間」みたいな店で、看板がない。コマ劇場から東に向かって歩き、区役所通りの手前の通りあたりにそんな店があった。みんな地下にあって、飲まされて金を盗まれたという訴えがよく交番に来た。しかし、酔っぱらわされているから、どの店なのかはわからない。

現場に行ってみると、地下にそれらしい中国人経営の店が何軒もある。入口はみんな同じで看板がない。店に名前がないのである。だからどこの店かさっぱり見当がつかない。そして必ず、表口と裏口がある。裏口は地下の非常階段から出られるようになっていた。

おそらく、そういうところに、前に言ったように、「おさわり三千円だよ」と連れていき、飲ませた上で、うまくいくと大久保あたりの安旅館に連れていく。あるいは、その場で酔わせて金を巻き上げる。だから、

「中国にやられた」「中国人に金を盗られた」

と、よく来ていたものだ。窃盗犯担当の刑事が、「日本の金はみんなドロボウの手で中国に持って行かれる」と言っていたが、こんなやり方を目の当《ま》たりにすると、そんな気がしてきたものだ。

ホテルから素っ裸で

風林会館を左折して鬼王通り交番があったあたりに行くと、右のほうにホテル街がある。この界隈《かいわい》を通称、シャブ街という。テレビ番組の「警視庁二十四時」では、S巡査部長や私がよく出ていた。四係は必ず捕まえるからだ。テレビ朝日の『潜入〇〇』というシリーズは、私らが走りである。

いつだったか、雪の日の夜、その街を歩いていた。するといきなり男がパンツ一枚でホテルから出てきた。手に何か持っている。妙なので職務質問をした。

「夜中、ホテルから一人で出てきて、どこ行くの？」

「いや、ジュース買いに来た」

「ホテルの中にジュースぐらいあるでしょう」

「いやぁ」

妙である。両手は何かを持ったまま握り締めている。

「君、その手に何を握ってるの。ホテルから裸で出てきて、ジュースっつったって、お金も何も持ってないんじゃないの」

するといきなりホテルに戻ろうとする。それでも職務質問をつづけたら、今度は暴れ出した。プロレスラーのような格好をして、雪の中に自分の体をこすったりする。おそらく、覚醒剤を打ったばかりだったのだろう。腕を見ると、注射痕が何カ所もある。

どうやらホテルに女と入ったのはいいが、覚醒剤を注射器に入れ過ぎたのだ。だからテンパり過ぎて、暑いからジュースを飲みたいということなのだろう。よほど暑かったのか、雪の中でコロコロコロコロコロ転がっていた。

ところがそのうち、手の中にあったものがなくなっている。おそらく、転がっている間に覚醒剤のパケを雪の中に隠したのだ。

「しまった」

と、思った。捨てたのを見ていなければ逮捕できないのである。しかも覚醒剤は白い粉で、それがビニール袋に入っているから雪の中に入れられるとわからなくなってしまう。

それでも、覚醒剤をやっていることは間違いないので、応援要請を頼み、男を確保した。そしてホテルから浴衣を出してもらったりしていると、女が出てきた。売春婦である。状況を訊いたら、

「なんか変な注射を打っていました」

「どんな様子だった？」

「注射を打ったらいきなりお風呂に入り、今度はいきなり外に出て行きました」

部屋には注射器があった。男が手に持っていたのは覚醒剤に間違いない。ということで雪の中を一時間ほど探した。しかし見つからない。本人に訊いても一切言わない。

「捨てちゃった、捨てちゃった」

「もうないないない。お前ら見てねえだろ、見てねえだろ」

などとからかっている。しかし、事態は逆転した。そのホテルの前に、岩手県出身の人が経営している寿司屋がある。その寿司屋にいつも私は顔を出していた。同じ東北人だから、気脈を通じるものがあったのだ。行くと、「あ、どうも」というような気安い関係になっていた。

その旦那が一部始終を見ていたのだ。

「高橋さん、あいつね、雪の中のあそこにね、くるくるくるくる三回ぐらい回っていて何かを雪の中に隠してたよ」

そして、男に向かって、

「もう観念したほうがいいよ、お前よ。俺が全部見てたんだよ」

と諭した。ところが、寿司屋の格好をしている旦那が言っているのに、男は何を勘違いしたのかこう言った。

「お前、何だ、刑事、変装してたのか、刑事」

テンパッているから妄想が働いたのだろうか。そして言った。

「刑事に見られたらしょうがねえ」

現場を探すとパケが四つ出てきたので、写真に撮ってそれを押収した。

その後の措置は詳しく知らないが、寿司屋の旦那の供述調書を取って通常逮捕したのだと思う。我々は捨てるのを見ていなかったので、裁判には呼ばれなかったのだから。

それにしても、寿司屋の旦那を刑事だと思うのだから、よほどテンパッていたのだろう。

授業に出るふりして旅館に

旅館ではこんなことがあった。

一一〇番通報があった。女が騒いでいるという。ちょうどそのとき、東大卒のR警部補というキャリア警察官が見習いで歌舞伎町交番にいたので、いい経験だからと連れていった。騒いでいる女は二階にいるという。旅館の人に、

「大丈夫なの？」

「いや、私らが行くとかえって騒ぐんです。おまわりさんが行ったら少しおとなしくなるかもしれない」

「誰もいないの？」

「一人で騒いでいます」

「一緒に入った人はいたんでしょ？」

「はい。年配の男と一緒に来たけど、帰りました」

女は定時制の高校生だという。だから、てっきり十七、八歳くらいか、せいぜい二十歳くらいだろうと思って二階に上がった。そうしたら、もう中年に近い、三十過ぎの女だった。下着も着けずに旅館の浴衣だけひっかけて、一人でギャアギャアギャアギャア騒いでいる。「えー、これが定時制高校生？」と驚いたものである。

ところが、一緒に来たR警部補は若いので、どこに目をやっていいかわからないようだ。目だけがキョロキョロしている。覚醒剤を打ったようで布団のまわりには覚醒剤のパケがあった。覚醒剤中毒かと思ったが注射器はない。女将に訊いたら、

「注射器とかそういうのはありません」

「なんで騒いでるの？」

と訊いたら、

「(自分の上司が) いないから」

「ジュースを飲みたい」

「もうちょっと延長しろ」

「もっと寝たい」

などと騒いでいるという。

「それなら延長しましょう」

と言ったら、金がないと言うのだそうだ。そのうち女将がいなくなって、我々二人と女だけになった。そうしたら彼女はトイレに行った。戻ってきたら、全部脱いでいる。

それで、R警部補に、

「あなた、あなた」

と近づいて抱きついた。彼が嫌がると、

「いいじゃないの。私のこと嫌いなの？」

と迫る。私は面白くなってしばらく眺めていたが、R警部補はまだ若いから泣き出し

そうになっている。さすがにあんまりだと、

「何やってるんだ、着ろ！　着ろ！」

と服を着せた。ところが、女将が戻ってくるとこの女は言ったものだ。

「こいつらに強姦された」

だからR警部補に、

「いいか、こういうときがあるとたいへんだから、絶対一人で来るんじゃねえぞ」

と〝指導〟したものだ。

「そうですねぇ、そうですねぇ」

と、R警部補は感心していたが。

どうしようもないので、女の上司という社長に電話した。社長が来ると女が、

「この人たちに強姦された」

と、また言うのである。すると上司が真に受けて、

「お前ら、ホントに強姦したんじゃないか！」

「ふざけたこと言ってんじゃねえ。こっち来てくれ」

女将を呼んで事情を話した。すると女将は、

「冗談じゃないよ。最初からこの女は素っ裸じゃないか。私が証人になりますよ」

それで助かった。社長の話では、女は確かにこの社長の会社で働いていた。昼は働き、夜は学校に行っていたという。調べてみると、確かに都立O商に籍があった。しかし、実際にはほとんど授業には出ずに、夜は社長と二人でホテルに来て〝働いて〟いたようだ。社長から、定時制高校の授業料はしっかりもらっていた。

その社長は言ったものだ。

「彼女はね、学校に行くと言って私を誘うんだ」

と。

「今日は学校に行く」というのが合図で、午後五時十五分から授業が始まるから、その時間に合わせて旅館に一人で行き、

「オヤジさん、仕事終わった？」

と呼ぶのだそうである。彼女のことは女房にも発覚していて、別れようと話し合いをするが、いくら話しても「死ぬ」と言うだけでお話にならないと嘆いていた。

覚醒剤は、女がどこかで覚えたらしい。かなり前からやっていて、旅館に来る前にどこかで打って来るという。だから彼女は、年齢も若いこともあって、何時間でもいいらしい。対して社長はもう五十歳を超えていて覚醒剤もやらないから、一晩に何回もはできない。覚醒剤を勧められるがそれはやりたくない。だから別れたいらしいのだが、女

がウンと言わないので困っている、ということのようだった。

今はどうなっているかわからないが、若い女だからと下手に近づくと、泥沼にはまってしまう、そんな見本のような事件だった。

歌舞伎町に棲む鬼の正体

デリヘル嬢がホテルで覚醒剤を使って客を楽しませるという話もある。

午前二時頃だと思うが、Ｐホテルの隣にある不動産屋の前に男と女が立っていた。このためＳ巡査部長が声をかけた。

「どうしたんですか」

「いやあ、この女はウチの子ですよ」

自分は店長で女はホステスだと言う。そうはいっても、男はいかにもヨレヨレで、とても店長には見えない。年は五十を過ぎていそうだ。

「店長と従業員がなんでこんなところに立ってるの？」

「今度、二人で所帯を持とうと思って……」

トンチンカンな答えである。女はまだ二十歳を過ぎたくらいだから、年の差は三十はある。

覚醒剤中毒に違いないと思ったので、男の所持品を調べた。しかし何も出てこない。名前と住所を訊いて前歴を調べても、男には何もない。それにしては話し方がおかしいと思って女を見ると、モゾモゾしている。あ、女が持っているな、と睨んだ。

「キミね、田舎どこなの？」

「宮城です」

宮城は私の田舎である。他人事とは思えなくなって、

「お父さんが心配してるぞ。ほんとにこの人と結婚するの、嘘だろう。どうしてこんなところにいるの？」

親身になって訊くと、少しずつ打ちとけてきた。バッグの中身を見せるように頼むと、開けて見せた。中からは白い結晶の入ったビニール袋が出てきた。

「これ、覚醒剤だね」

小さくうなずく。その瞬間、突然、パタンと倒れた。このときは慌てた。ホテルに入ろうとする高校生カップルを呼びとめたとき、男子高校生が突然倒れたことを思い出したのだ。しかし、彼女の場合は覚醒剤を打ったばかりだった。

落ちついてから事情を訊くと、女は出張ヘルスで、その日も客に呼び出されてホテルに出張したという。最近は覚醒剤を求める客が多いので、ホテルに行くときは覚醒剤を持参するのが習慣になっていたようだ。普通は、覚醒剤を打つのは客なのだが、そのうち女も打つようになったようである。客に勧められたか、あるいは好奇心でそうなったのであろう。

たまたまこの日は、彼女も好奇心で試してみたようで、おそらくはじめてだった。可哀そうに、そうやってズルズルとシャブ地獄に引きずり込まれるんだなと思うと、同郷の女だけに他人事と思えなかった。

風俗店にせよホテルや旅館にせよ、女はそこで金を稼げるかもしれないが、同時に、二度と這《は》い上がれない底なし沼に沈むようだ。歌舞伎町とはそういう街なのである。あのどぎついネオンの洪水が、たまに、赤鬼青鬼がトグロを巻いているように見えることがある。

その鬼の正体は何なのか。その手がかりとしてその後、私は覚醒剤に注目するようになったのである。

第五章　覚醒剤に酔う人々

息子をマル坊主にした父親

まず私は、一般人の覚醒剤中毒（シャブ中）に着目した。シャブ中を一人でも多く捕まえて、その背後にある世界に喰い込む、これが歌舞伎町時代の私の課題になったのである。

あるとき、無線機ががなり立てた。被疑者が暴れているから応援を頼むという。ヤクザ者が二、三人で暴れているというのだ。私は現場に飛んで行った。

現場は歌舞伎町二丁目の、オケラ公園の通りから鬼王神社方向に行ったところだ。S巡査部長やH巡査部長など、歌舞伎町交番の若手が男を取り押さえようとしていた。S巡査部長も派手な男だから、「何、コノヤロー」などと言って暴れる男たちに対し、「バカヤロー！」などと返している。

ところが現場に行くと、その暴れている男よりももっとシャブ中らしいのが、近くで一部始終を見ている。私は暴れている男よりもその男のほうが気になって見ていると、S巡査部長が、

「兄ィ、兄ィ」

と呼ぶ。

「兄ィ、手伝ってよ。こんな大騒ぎしてるのに何してるんだよ」

と言うのだ。彼は私と同郷なので、親しみを込めて私を「兄」と呼ぶのだ。見物人の中にシャブ中がいると目で合図をするのだが、S巡査部長は気づかない。

「何してるんだよ、こっち来てくれよ！」

と怒っている。でも、私は見物人のほうが気になってしようがない。そのうち、応援がまた何人か来たので、新しく来た者の中から一人をこちらに寄こしてくれと言ったのだが、男が暴れているものだからS巡査部長は怒るばかりだ。仕方がないので、Z巡査というレスリングをやっていた男を、「こっち、こっち」と呼んだ。そして、

「Zよぉ、あいつのバッグ開けてみろ」

と耳打ちした。Z巡査が近づくと、案の定、怪しい見物人の男が逃げた。当然、取り押さえて職務質問した。そうしたら、

「俺はただ見てただけだ」

「君はシャブ中っていうか、シャブ打ったことあるんだろ」

「そりゃあ、あるよ。何回もあるよ」

「捕まったことは？」

「何回も捕まった」

こんな感じだ。このため、男を近くの鬼王交番に連れていった。

この交番は今はもうなくなってしまったが、地下に下りていく建物である。これは危ない。火炎瓶でも投げ込まれたら一発でアウトだ。署長が回って来て、「この交番、危ねえな」と言ったくらいである。そこまで連れていき、交番に入るため階段を下りた。男が逃げないように、私は後ろに回り込んでいた。

そのときだ。いきなり頭で私の顔面に反撃してきたのである。鼻を直撃され、血が噴き出して顔全体が真っ赤になった。つい先日にも、ヤクザ者に鼻をやられていたから、これには参った。

暴れる男をようやく交番の中に入れて調べた。肉屋の息子である。葛飾区S町で父親は肉屋をやっている。私はその方面にいたことがあるから、その父親を知っていた。ところが、男は強く抵抗して所持品を出さない。しようがないので父親に電話した。

「お父さん、こういうわけでシャブ、持ってるんだけど出さないんだ」

すると父親が言った。

「いやぁ、高橋さん。よく教えてくれた。何をやってもいいからコイツを捕まえてください」

長男坊で、肉屋の跡を継がせたいのに、鶏肉や豚肉を切りながらわけのわからないことを一人でベラベラと言うようになったという。

「このままだと肉に何を入れられてもわからないから、女房と相談してね、高橋さんがいたらとにかく捕まえてもらおうと思っていたんです」

父親はよほど心配していたようだ。

「とにかく、どんなことをやってもいいから。どんなことをやってもいいから」

と執拗に頼む。そこでパトカーに乗せて、とにかく歌舞伎町の交番まで連れていこうとした。ところが、そこでも大暴れだ。

「お前、俺を誘拐するのか。誘拐された、誘拐された」

などと暴れる。ようやく車に乗せると、今度は車の中から弁護士を呼ぶ。そして、

「俺はもう車から降りない。弁護士先生が来るまでは降りない。俺はお前らのやることはわかってんだ。歌舞伎町交番に連れていって、俺をぶん殴ってシャブを出させるんだろう」

さらには、我々を挑発するかのように、

「絶対見せないけど、この中にはちゃんとシャブが入ってる。包丁も入っているから

ね」

こりゃもうどうしようもねぇな、それだったら任意じゃなくて強制だ、と思って父親を呼んだ。この父親はいい父親だった。息子に向かって、

「お前なあ、跡を継がせようと思ってるんだ。根性を叩き直すために五年でも六年でも十年でも入ってくるくらい覚悟しろ。今から反省だ」

と言って、息子をボコボコに殴って覚醒剤を出させたのである。それから手荷物の中からバリカンを取り出して、交番の地下室で息子の頭をマル坊主にした。

「今日から反省しろ」

というわけだ。

結局、その日はS巡査部長が捕まえたヤクザ者とこの肉屋の息子とで、同時に別々に二人を捕まえた。このときは、『内勤特務』に文句を言われた。内勤特務とは、刑事、警務など本署で当直している専務警察官のことである。

新宿署は事件が多いため、普通でも内勤特務は忙しい。それなのに地域警察官が容疑者を逮捕してくると、その処理もしなければならない。我々は一晩に四人も引っ張っていくことがあったが、そんなときは内勤特務のみなに嫌がられたものだ。

「魔の四係だ。寝かせてもらえねえ」

こういうわけで内勤特務からは、四係はとにかく嫌われ役だった。だから、捕まえて本署に容疑者を連れていくときには、

「みなさん、すみません」

と、ジュースを買って配るのが当たり前になっていた。もちろん、中には大歓迎して、

「いやあ、よく捕まえた」

と、逆にジュースを我々に出してくれる係もあったが。

仕事に悩み、覚醒剤に

父親と息子の話といえば、こんなシャブ中もいた。

私がよくシャブ中を捕まえるというので、歌舞伎号だけではなく、本署のパトカーにも乗るようになっていた。若い警察官を指導してくれ、ということだ。

あるとき、合気道をやっている若いK巡査を乗せて北新宿方面に行ったことがある。当時はその近辺には、公務員宿舎が並んでいた。するとその前に一台の車が停まっていて、まだ大学を卒業したばかりといった風の若者が乗っている。いくら職務質問しよう

としても窓を開けない。

　当時は覚醒剤のことを「スピード」とか「エス」と言っていた時代で、若者に流行ったのはストローで吸う方法だ。当時はこれを「あぶり」と称していた。まだガラスパイプが流行っていない時代なので、裸電球の金具のところだけ取ってコップ状にする。そこに銀紙をあてて覚醒剤を入れ、ライターで熱してからそれをストローで吸っていた。あるいは、銀紙を直接ライターであぶったりもしていた。

　その車にはストローが置いてあって、銀紙もある。覚醒剤は見あたらない。しかし、とにかくこの男は覚醒剤を打ったか吸ったかしていると思ったので職質したのだが、三十分ほど説得しても車から降りて来ない。挙げ句、父親の許可があれば職質に応じてもいいと言う。妙なことを言うと思ったので、

「親父の許可っつったって、お前、お父さんいるのか」

　近くの宿舎にいると言う。

「お父さん、いい人なんだな。お父さんの言うことなら聞くのか」

「いや、僕は今渋谷に行って来たけど、仕事が全然駄目で悩んでるところだ」

「何を悩んでる？　じゃ、お父さんに相談して聞いてやろうか」

　すると、窓をちょっと開けた。そうしたら横にいたK巡査、合気道のチャンピオンが

囁《ささや》いた。

「高橋さん、窓さえ大きく開ければね、やつが手さえ出せばいくらでも私の流儀でやれるんですけど」

だが、肝心の窓を少ししか開けないのではどうにもならない。免許証提示をさせても、ガラス越しに見せるだけである。これでは、たとえ合気道の先生でも手も足も出ない。

そのとき男が言った。

「いいかい、うちのお父さんを呼んでくれれば、お前らなんか一気に駄目だよ。うちの親父はとにかく警察嫌いだから」

「…………？」

「来たって、あんたらの言うことなんか聞かないよ」

その当時は警察官の不祥事が結構あった頃で、父親はそれで警察嫌いになっているようだ。

「それでもいいから、お父さんの電話番号教えろ」

とさらに言い募ると、教えた。父親に電話をすると、酒に酔っていたようだった。

「息子の野郎、三日も四日も帰ってこないんですよ。おまわりさん、ありがとう」

難癖をつけられると思っていたら大違いだ。

「私に今、電話してるってことは言わないでください。私が何とか説得するから」

しばらくして、父親が酔っ払った状態でやって来た。そして息子を怒鳴りつけたのである。

「お前、コノヤロー、何やってんだ」

男は当てが外れたようで、

「お父さん、この間まで警察の悪口言ってたくせして、俺の味方しないのか。この間まで、警察の悪いこと一所懸命言ってたじゃないか」

「バカヤロー、そんなことは問題じゃねえ、コノヤロー。お父さんの言うことをちゃんと聞いて、窓を開けなさい」

窓さえ開ければ合気道の達人が控えている。ところが、何を考えたのか急に父親が、

「何したんですか、うちの息子は」

「お父さん、そこにストローが置いてある。ライターも置いてある。銀紙も置いてある。これはあぶりっつってね、今、流行ってる『エス』っつって、覚醒剤をやってるみたいです。息子さんは今まで捕まったことないだろうけど、何か悩んでるらしいです。だからおそらく、渋谷に行って買ったんじゃないかと思いますよ。もしかしたら、もうやってるかもしれません。そうしたら、捕まる可能性もありますよ」

「それは困る」

と父親が言う。しかし、

「でも、いずれにしても立ち直らせないといけねえな……」

「じゃ、お父さんから説得してくれますか」

すると、「嫌だ」と言う。

「俺は今、それどころじゃない。嫌だ」

すると息子が、

「おまわりさんの言うことなんか聞くか。この間まで何回もお父さん、おまわりさんの悪口言ってたんだから。それにしても、何で今日はこんなところに来たんだよ」

と割り込んでくる。すると親父が、

「お前みたいなのはな、○○党って言うんだよ。いいか、お前みたいなのはもう明日から帰ってこなくていい」

驚いた息子は、

「お父さん、待ってくれ、待ってくれ」

窓をもう少し開けた。ここからはもう合気道チャンピオンの出番である。息子が伸ばした手をカッと取り、パッと横に抜いたと思ったら、息子が「アタッアタッアタッ」と

悲鳴じみた声を出した。それで私が、

「手を持ってるうちに、そのストローでジュース飲んだのか、それとも何か吸ったか訊け」

とK巡査に言った。それが息子に聞こえたのであろう。

「吸った」

と言う。

「何吸った？」

「白い粉、エス」

「エスって何だ、スピードか」

「スピードです」

ただ、現行犯逮捕には、『スピード』と言っても駄目である。「スピードは何だ」と訊いて「シャブ」とか「覚醒剤」と答えたところで逮捕できる。ところが息子は、「覚醒剤」という言葉を知らない。それで「エスとスピードだ」と言う。すると父親が、

「エスとスピードってなんだ。お前、スパイス吸ったのか、スパイスか、スピードか。あっ、わかった。そうか、渋谷でお前、スピード違反で捕まったのか」

こんなわけで、最後まで覚醒剤という言葉が出てこない。だから私がこっそりK巡査

に、

「K、お前が教えてやれよ。スピードは覚醒剤っていうんだって」

で、K巡査が息子に、

「スピードは覚醒剤なんだよ」

すると息子は、

「あ、覚醒剤っつうの」

その瞬間である。父親が猛然と怒り出して、

「お前、覚醒剤～!?　コノヤロー!!」

興奮して首を絞め、

「お前はもう、今日からでも刑務所に入れ！」

こうなったら任意も強制もない。K巡査が取っていた手を父親が取って、新宿警察署まで連れていった。「もう、今日のうちに逮捕だっ」と言って。車も置きっぱなしで、
凄い父親だった。

肉屋の主人といいこの父親といい、父親というものはまだ健在なんだなあ、と思ったものである。あんな父親がいるなら、あの二人は立ち直れるのではないか、と今でも思っている。

父親が息子をダメにする

　ところがこんな父親もいた。

　コマ劇場のところで、高校生風の、実は大学生なのだが、少年のような男が覚醒剤を持っていたので逮捕した。おそらくその辺から買ってきたと思われる。それで裁判になった。

　争点は、持っていたかどうかではなく、情状酌量の問題である。要するに「初犯だから刑を軽くしてくれ」と弁護側は主張しているのだ。私はとんでもないと思っていたから、公判廷では押し問答になった。

　そのとき父親が、

「息子の母親はね、今、ガンだ」

　と言う。そして、「すいません、すいません」としきりに謝る。どうやら父親はいい弁護士をつけたようで、弁護士の助言どおり、といった話し方をするのである。

「今、この子の母親は胃ガンで、もう末期症状になっている。だからこういう覚醒剤なんかに手を染めてしまったんじゃないか」

私はおかしいと思った。逮捕したときの息子の態度を見ると、とうていそんなことは想像できなかったのだ。弁護士もなかなかに〝素晴らしい〞弁護士で、警察側の証言など一言も聞こうとしない。そして私に向かって、

「あなたにはお子さんがいますか」

「自分の妻がそんな状態で、あなたの息子がこうなったときに、あなたはどうしますか。助ける気はありますか」

などと言う。覚醒剤には少しも触れない。そのうえ、息子は法廷で泣いている。ボロボロボロボロと涙を流し、ものすごく反省している風に見える。

いずれにしてもその裁判はこんなふうに展開して、後日判決ということになった。法廷から出た私は、トイレに寄った後、エレベーターに乗った。ヤクザ者が怖いので、その日に限ってサングラスをかけ、帽子をかぶっていた。そうしたら、その弁護士と父親が同じエレベーターに乗って来たのである。そして、私がいることに気づかずに、こんな話をしていた。

「うまくいきましたね。ところで奥さんはガンじゃないですよね」

と弁護士。父親は、

「いや、あの、胃潰瘍《いかいよう》です」

コノヤロー、と思った。このままでは済まされないと思ったから、降りるときに帽子を取って、相手を睨みつけてこう言った。

「どうも、ご苦労さまです」

向こうは、しまったあ、と言いたげな、妙な顔をしていた。

それ以降は公判に行かなかったので、判決がどうなったか私にはわからない。有罪になったかどうかも不明である。それにしても、まったくいい加減だと思った。

父親はどこか大会社の幹部のようだったが、これで情状酌量で無罪に類した判決になったとしたら、それこそあの息子は立ち直れないと思ったものである。

「なんだ、世の中ってこんなもんか、嘘でも何でもいいから、うまく立ち回ればいいんだ」

くらいの気持ちになるだろう。同じ父親でも、私は肉屋の主人のような下町風の頑固オヤジがいいと思う。この父親はそれとは正反対で、高い金で腕利きの弁護士を雇って、息子から反省の機会を奪っている。そして、かえってワルの道に引きずり込んでいる。

こんな父親を見ると、私はこの日本の将来が不安になってくる、などと言えば大袈裟《おおげさ》だろうか。

シャッターに挟まれた男

そんなこんなで、私はシャブ中を積極的に検挙した。すると、「高橋はシャブ中に強い」という評判が本部にも聞こえていったようだ。第八自動車警ら隊の女性警察官を歌舞伎町で預かるよう依頼された。要するに、その子にシャブ中摘発のための職務質問を指導してほしい、ということである。このため、二人で歌舞伎町を回ることになった。

久々に女性警察官と回れるなと思い、張り切って西武新宿駅方面から靖国通りを回っていた。四谷署管内の近くである。裏通りに入ったところに時計屋がある。そこを夜の七時頃歩いていたら、店が終わったようでシャッターが半分以上下りていた。するといきなり、自転車で来た男がシャッターの下に頭から突っ込んで入ろうとする。

「あれ、なんだ、この男。店の人かな」

最初はそう思った。だが、それにしてはおかしなもので、体はなんとか中に入ったもののそれ以上は入れずに、足をバタつかせている。窒息して死ぬのではないかと思い、

「時計屋さん、時計屋さん」

と呼んだ。すると主人が住まいのほうの玄関から出てきた。

「シャッターのところにお店の人が入って固まってますよ」

「えっ、そんなことないですよ。全然、知らない人です」

その男は店の人ではなかったのである。体が半分入ったままなので、女警が、

「これ死んじゃいますよ、高橋さん、チョーさん」

「大丈夫、大丈夫だよ」

と言って私がシャッターを上げた。するとその男、店の様子を目にして、

「あ、時計屋さんか」

と言う。

「時計屋さんか、じゃないよ。わからないで入ったのか、時計買うわけでもないのに」

そのうち主人が出てきて、

「君、何やってんだ」

「いや、ちょっと時計見せてください」

男がそう言うので、店主が店に入れた。入ると男は八畳ぐらいの店舗の中をぐるぐる回っている。私は、

「ドロボウなのかな、ちょっと待てよ、これ、シャブ中だな」

と思った。女警には、「持ってるもの見せていただけませんか」と嫌な質問をしてみろと教えていたので、まずは質問をさせてみた。

「何か困ってますか。持っているものを見せてください」

そうしたら、最初にタバコを見せてきた。それで私が、

「あなた、時計持ってないね。これから時計買うんじゃないの」

と訊くと、

「そうそうそう。そう、そうなんですよ」

「いくらぐらいの時計ほしいの？　せっかく時計屋さんにいるんだから、私、訊いてあげようか」

と、女警。

「いや、いくらでもいい」

「いくらでもいいって、いくらぐらいのを？」

「いやぁ、今たいした金ないんですよね」

「いくらぐらいあんのよ」

「今、三万円で買って来たばっかりだから」

「何買って来たの」

「わかってんだろ、わかってんだろ」

三万円で覚醒剤を買って来たことを白状したようなものである。得意げにシャブ三パケを出して寄こしたのだった。

シャブ中の中には思考力がなくなる者がいる。この男もそうだった。

シャブ中女は簡単に白状

若い女性にも覚醒剤が浸透し始めていた。

歌舞伎町交番から少し大久保方面に行ったあたりに、歌舞伎町で最初にできた安いフグ屋があり、その付近に花屋がある。ある朝、店の前にその花屋の車が長いこと停まっていた。覗くと、中にはかわいい女の子がいる。

話しかけようとするが、こちらの話を聞くそぶりを見せない。おかしいなあと思ってしばらく見ていると、そのうち花ばさみを手に持ってカチャカチャとし始めた。花は車に積んであるのだが、花を切っているわけではない。

「何やってんの？」

「手の運動をしてるの」

「手の運動はこうやってやるもんだろ？　なんではさみでやるの？」

「もう癖がついちゃってる」

「そういえばね、昔、切符切る車掌さんたちがね、パチパチパチ、パチパチパチパチやってね」

「あ〜、それは私知らないけど、どうもこういう癖が抜けない」

「なんで花は切らないの？」

「花は毎日切って飽きちゃった」

「何？　はさみだけだと飽きないの？　ところで、そのはさみは、どのくらいまで切れるの？」

「木も切れる」

「木も切れるはさみなんだ」

いつの間にか問答は、迷路をさまよい始める。するといきなり彼女が言った。

「おまわりさん、わかってるの？」

「えっ？」

「私がブツ持ってるの知ってるの？」

ああ、こんな花屋の女の子までシャブをやるんだ、とそのときは思った。その頃から少しずつ若い子たちにも覚醒剤が浸透し始めたようだった。

覚醒剤を使用すると大抵の人は奇妙な動作をするが、この子の場合もそうだった。このため、なんなく逮捕できたのである。

女といえば、こんなこともあった。

私たちはたまに歌舞伎号に乗って、東京都庁の真ん前にある新宿西口公園をパトロールすることがある。かつてこの公園付近では『太陽にほえろ！』というドラマの撮影をやっていたものだが、今ではそこにシャブ中が多く集まっているからだ。

ある日のことだ。S巡査部長と夜中に西口公園を回っていたら、青い派手な軽自動車が一台、都庁の前あたりの大通りにポツンと停まっていた。近づいてみると、中には派手な奥様風の女性がいる。キンキラキンの装身具をつけ、いかにも金持ち風である。そして私にウィンクするようなおかしな仕草をする。「まさか俺みたいな男にウィンクなんか、でも夜中だし……」不思議に思って窓際まで行った。

「どうしたの、奥さん」

「ああ、よかった。うちのオヤジがね、パパが」

「パパがどうしたのですか」

「覚醒剤と大麻やっててね、今、ホテルに泊まってるんですけど」

「どこのホテル？」

「それがわかんないのよね。これがうちの旦那の……」

女性は携帯電話を取り出して写真を見せる。そこには、覚醒剤と大麻が写っていた。その写真をわざわざ見せるのである。これも薬理作用である。旦那がやっているのではなく、自分がやっているのではないかと思った。でもわかっていないふりをして訊いた。

「なんで奥さん、こんなの写してるの」

「だから、私困ってるの。だから捜してるの」

「じゃあ、旦那さんの顔見せて」

見ると黒い顔、黒人である。

「黒人さんですか」

「そうなのよねぇ」

「どこに泊まってるの」

「わかんないんだけど、一緒に捜してくれる？」

「そんなこと言われても、こっちはパトカー乗ってるしね。新宿警察署に行って、刑事さんのところでお世話になったらどうなの」

そう言いながら車の中を見ると、カバーは綺麗だし、車内全体は比較的綺麗にしていたが、何かおかしい。やはりこの女性は覚醒剤をやっているに違いないと思った。しかし、「奥さん、悪いんだけど、腕を見せて……」などとは言えない状態だ。とにかく、向こうが一方通行でどんどん話す。そのうち、なんだか気になる仕草を始めた。

よく見ると、ハンドルの上のところにお守り袋が置いてある。カーテン生地で作ったような、青か赤か判別できない派手な色である。そして表には「お守り」と書いてある。おそらく自分で書いたのだろう。

「奥さん、これ触っていいですか」

するといきなり、

「駄目、駄目」

それから英語で話すようになった。やっぱりこれはおかしいと思い、免許証を見せてもらった。名前は「ケイコ・サーリー（仮名）」とある。外国人と結婚していることは間違いないようだ。再びお守りを見せてくれるよう頼んだが、やはり駄目だと言う。

「誰のお守り？　どうして見せてくれないの？」

「これは見せられない。うちのパパにも見せたことない。誰にも見せたことないんだ。これは私一人の守り神だ。これがないと絶対に駄目」

これはもう、シャブ中に間違いないと確信した。

「奥さん、申し訳ないんだけど、旦那さん、捜してあげるから」

などと、口説きに口説いた。すると、

「じゃ、上からなら触っていい」

袋の上から触ると、案の定、カサカサと音がする。中に覚醒剤が入っているのは間違いない。それで言った。

「もうしょうがないでしょう。奥さんね、覚醒剤っていうのは体によくないんです」

「体によくないったって、もう何回も打ってとっくに悪くなってるの」

女性は意外にこんな説得で、簡単に覚醒剤を出すのである。

拘束して連れていくときには、お守りに向かって手を合わせ、こうつぶやいていた。

「あなた、守ってくれなかった」

これは真面目な話である。お守りが守ってくれなかったと、いつまでも手を合わせて拝んでいたのである。夫については一応本署に報告したが、捜査したかどうかはわからない。

シャブ中は軟体動物のよう

悪いことをする者には、みなそれぞれ共通した特徴がある。たとえば、詐欺師は一見するとバッグや背広などいい物を身に着けている。ところが全体を見ると、どこか中途半端なところがある。

シャブ中も同じだ。たとえば、いい車に乗っているけど、汚い。掃除をしないのである。壊れたところには必ずガムテープを貼る癖がある。バックミラーが壊れたとか、どこそこがへこんだとなると、そこへガムテープを貼るのだ。

捜索令状を持って室内を捜索すると、なぜか穴という穴にセロテープやガムテープを貼ったりしている。だから、シャブ中かどうかは一見してわかるものだ。家を外から見てもわかる。一軒家などでは、割れたガラスのところにガムテープを外から貼ったりしているからだ。薬理作用が働いて、誰か捕まえに来るのではないか、刑事が来るのではないかと不安になり、穴という穴に貼りつけるのであろう。

もう一つの特徴は、所持品が汚いことだ。

たとえば、車の灰皿を見ると、吸い殻が長いのや短いのでごちゃ混ぜになっている。タバコを吸う人は、だいたい一定の長さまで吸ったところで終わるものだが、薬理作用が働くと、同じところでやめない。だから吸い殻の長さがバラバラになる。また、覚醒剤を使用した直後はハイになっているから、火をつけてちょっと吸ってはもみ消し、また新しいのに火をつけてはもみ消したりもする。そうやって何本も何本も吸うのである。

花屋の女の子もタバコを吸っていたが、話している間にすぐもみ消して、また新しいのに火をつけたりで、十分間のうちに四本も五本も吸っていた。とにかく、パッと一、二回吸っただけでもうやめ、そして新しいのにまた火をつけるのだ。

都庁前の路上で逮捕した奥様風の女性も同じだ。

「すみません、奥さん、悪いんだけど、カバンちょっと見せてもらえます？」

と言ったら、ヴィトンのバッグを出した。これもシャブ中の共通点で、みな高級バッグを持っている。しかし、中身が汚い。開けると化粧品、生理用品などがバラバラに入っていて、パンの食べ残しまで入れてある。

シャブ中は食べ物では甘いものが好きで、タバコはパーラメントを好む。車を停めるときは、駐車場でもどこでもまっすぐには停めずに、斜めに置いたりする。また、駐車する位置も毎回違っている。とにかく、やることなすこと、すべてがちぐはぐなのである。

席の取り方でも同じだ。人間の習性はふつう、たとえば居酒屋や食堂に入ると必ず同じ席に座る。しかしシャブ中が座る席はいつも違っている。一本の筋がとおっていないのだ。

シャブによって、まるで軟体動物にでもなったかのように、ある意味、骨がなくなるのである。これでは人間が駄目になる。覚醒剤をつづけていると廃人になるというのは、本当だと思う。

注射器を飲み込んだ男

シャブ中逮捕ではいろいろなドラマがあったが、注射器を飲み込んだ男がいた。Sという男で、コマ劇場の前で何度か捕まえたことのあるシャブ中だ。この男は職務質問すると必ず逃げるかあるいは嚥下《えんか》するか、どちらかで抵抗していたものだ。

このときもそうだった。夜中にコマ劇場の前に行くとその男がいた。車に乗っている。

「お、Sだな」

と近づいたら、すでに覚醒剤を打っていたようだ。目が合ったとたんに窓を閉め、知らんぷりする。様子がおかしいのでよく見ると、パケを舐《な》めている。覚醒剤を打った後でまだパケに少し残っているので、覚醒剤が入っていたとわからないようにそれを舐めているのだ。そして、舐め終わってから出てきた。もう大丈夫だと思ったのであろう。

その当時は、任意採尿といって交番に連れていって小便を出させ、陽性反応が出れば逮捕できた。しかしこういう人間は絶対に小便を出さない。どういうわけか五時間でも六時間でも我慢できる。だから任意採尿は諦めて、車の中を観察した。すると注射器があある。

「S、お前、注射器があるじゃないか、コノヤロー」

注射器を取ろうとした。するとSは車の中にダッと入って行き、注射器を飲み込んだのである。覚醒剤を打つ注射器は病院で使う注射器とは違い、針が五ミリぐらいしかないのだが、それでも注射器は注射器だ。それを口の中に入れて、針ごと嚙みだしたのである。

これでは死なれてしまう。しかも、職務質問中である。また問題になると思って、

「S、お前やめろ」

と言ったが、

「ざま見ろ、ざま見ろ」

と、手品師のように両手を開いて、

「もうホントに飲んじゃった」

と掌《てのひら》を私に見せる。しようがないので「とにかく救急車を呼ぼう」と言ったら、

「救急車なんかいらない」

と言う。しかしパトカーでは間に合わないので、救急車でとにかく運べと、管内の病院に運んだ。先生に事情を話すと、「そりゃえらいこった」と言う。

「釘を飲んだとか、十円玉を飲んだとかはよくあるんだけど、針飲んだっていうのはないね」

二人の先生が胃カメラのような内視鏡を体内に入れて調べた。そして、

「おそらくたいへんなことになる、下手をすれば手術になるかもしれません」

私はつきっきりで見ていた。確かに針がかすかに見える。よく見ると、少し前に食べたものに刺さっている感じだ。消化されずに残っていたミカンの皮かパイナップルの実か、黄色いものにひっかかっている。しかし、内視鏡についている鉗子《かんし》ではそれがつまめない。何度やっても同じだ。三時間も四時間もやっても駄目。そのうちSは麻酔から覚めたようで、ごそごそと動き始めた。先生がSを起こして、

「S君、君、口きけるようになったか」

「あうー、あうー」

先生は私に、

「これなら大丈夫だよ」

と言って、本人に、

「痛くないかい」

「痛くねえ」

「君、今まで針飲んだことあるのかい」

「三回ぐらいある」

「どこから出てくる？」

するとSは、お尻から出てきたと言う。

「そうか、わかった」

先生がそう言うと、治療は中断した。この状態では大手術するよりそのままの方が安全だと思ったのであろう。

Sはフラフラしながらその病院を後にした。タクシーに乗ったのか乗らなかったのかはわからないが、とにかくフラフラとどこかへ立ち去った。私としてはもの凄く悔しさは残ったが、生命力とでもいうべきか、シャブ中の底力を思い知らされた。

その後、Sを別の機会に逮捕したが、あれほど執念を燃やして逮捕に抵抗する男は珍しい。

シャブ中は軟体動物だと先に述べたが、妙に骨のある者もいるのである。その骨をもっと他の方面に生かせばいいのだが、覚醒剤は罪作りなクスリだと思う。

第六章　覚醒剤を生業にする人たち

売人摘発の入口

そんな罪作りな覚醒剤で金を稼いでいる人種が、歌舞伎町には蠢《うごめ》いている。だから私はあるときから、シャブ中より覚醒剤の売人を摘発しようと、そちらのほうに力を入れた。

実は、歌舞伎町には売人の取引所があるのだ。風林会館から区役所通りを大久保方面に行き、職安通りを右折してしばらく進むと新宿六丁目に消防署がある。新宿消防署の大久保出張所だ。その前の路上が売人との取引場所なのである。

どうしてわかったかと言うと、なぜか不自然に消防署の前で同じ方向を向いて停まっているタクシーがあったからだ。その運転手をたまたま職務質問したのである。からだの悪い運転手で、身体障害者のような感じだった。口数が少なく、あまりしゃべれないようだ。

「こんな運転手で大丈夫かな」と思いながら話していると、実は障害のためにしゃべれないのではなく、シャブ中なのでしゃべれないのではないかと思うようになった。確かにからだは不自由そうである。調べたらシンナーを吸っていた前歴があった。

「運転手さん、悪いんだけど、持ってるものだけ見せてくれ」

と言うと、

「いや、私は営業中だ。今、お客さんが来たらどうするの？　あんた、お金払ってくれるのか」

なかなかうまいことを言う。感心しているとそのうち客が来たので、そのときはそれっきりになった。やがて別のタクシーがやって来た。するとその運転手が車から降りて、

「おまわりさん、おまわりさん。あいつは何て言った？」

「いやあ、なんかあのぉ、なんかクスリやってるんじゃないかって思ったんだけど……」

「運転手仲間であいつは有名なんです。そのうち必ず警察にやられるってみんな噂してますよ」

「え？　どうして？」

「やつがいつも消防署の前で待っているのは、もしかしたら、乗せていくやつはみんなシャブの売人じゃねえのか、って噂してるんです」

また別のタクシーが来た。同じ話をしてみると運転手が言った。

「消防署の前だったら絶対に捕まらないと、あいつはいつも言ってます」

どうしてかというと、消防署の前ではサイレンが鳴れば消防車が出て行くし、近所の人はそんなところにタクシーがいるとは思わないので客が来ないからだ、と言う。つまり、売人を乗せるために待機しているなら他の客に来られては迷惑だし、警察も、まさか消防車が出ていくような場所で売人を待つとは思わないから穴場だということらしい。

半信半疑ながら観察することにした。見ていると、そのタクシーは結構客が多いのである。次々に客がやって来る。実は、消防署の先にマンションがあって、そこが覚醒剤の密売場所だったのである。

運転手のからだが悪いことにつけこんで、売人が密売場所から帰るとき、その運転手に電話をかけて家まで運ばせるようにしていた。そんなつき合いから、運転手自身も覚醒剤を覚えたようである。

私はといえば、この一件で売人の世界への玄関口に立てたようで、「ようし、これからは売人をやる（摘発する）ぞ」と、ファイトが湧いてきたのだった。

自動車屋の社長に救われて

そのうち第二自動車警ら隊の人から、悪い男がいるという話を聞いた。

「どんなやつ？」

「歌舞伎町に来たときには、必ず売人がこいつのところに買いに来る。だけどこいつは巧妙に逃げるのでなかなか捕まらない」

と言う。どんな逃げ方をするのかというと、歌舞伎町には女と一緒に車で来ていて、覚醒剤を持っているときに警察官の姿を見ると、彼女を置き去りにして逃げるという。

顔写真も見せてもらった。

「あちこちに出没してるけど、まだ一回ぐらいしか捕まったことないんだ。ヤクザ者から頼まれてやってるらしいがね」

ある日のこと。話に聞いていたのとまったく同じ車が停まっていて、中にはその男と彼女が乗っていた。まずK巡査に声をかけさせた。そしたら案の定、男だけが車からパッと降りた。しかし、まっしぐらに逃げるのではなく、「お〜らよ」などと言って、人を小バカにしたように手を挙げて逃げて行くのだ。

路地に入るとクルクルッと曲がって必ず姿を消す。細い道などをよく知っているのである。そしてやがて戻ってくる。「ごめんね」という感じで戻るのだ。こういうときは覚醒剤を捨てるか、どこかに隠している。だからどうしても捕まえられないのである。

我々も、何度もそれをやられた。四係はみなカッカしていて、「こいつだけはいつか必ず」などと言っていた。N巡査長にいたっては、「この野郎だけはいつかやってやる」というのが口癖だった。

ところがある日、三係の、シャブ中など一度も捕まえたことないゴンゾウ警察官たちがこの男を三人ほどで取り囲んで職務質問していた。私は一人でそこに通りかかったのだが、「どうせうまく丸め込まれるだろう」などと思って見ていた。案の定、四十分ほどかけても落とせなかった。男はポケットに手を入れたままである。絶対に持っているはずだと私は思った。近くにはもう一人の男もいたが、警察官たちはその男には声をかけずに四十分ぐらい粘っていた。しかしとうとう解放してしまった。

だから私が背後から、

「なんで帰したの？」

と訊いた。すると、歩きかけていた男が私だと気がついて逃げようとする。だからあとを追って、

「駄目だ、お前、今日はもう諦めろ」

「なんで諦めるんですか。さっきのおまわりたちは帰してくれたのに、あんただけがな

んでそんなことするんだ。そんなやり方していいのか」

　と言い、さらに、

「悪いけど、もしあんたに捕まったらあんたに刑務所から手紙出すぞ」

「かまわねえよ。ところで何？　捕まったらっていうことは何か持ってるのか」

「それよりも、もう一人のやつ、いたろ。あいつになんで声かけない」

　その男が売人だと言うのである。しかし、この男はそういう手口で今までも逃げてきている。私は、この男は今、覚醒剤を持っていると確信していたから、今度こそは逃がさないと迫った。

「じゃ、あんた、今日は持ってねえんだったら交番まで行こうじゃねえか」

　すると、急に体の一部を押さえた。持っている証拠だ。そのあとは、職質対策のマニュアルどおりである。ちょっと肩に手を触れると、「それは強制だ」と言う。だから言った。

「えっ、何、強制っておめえ、犬や猫じゃねえんだから去勢（強制にひっかけて）なんかしてねえよ」

　そうしたら、

「犬や猫はかわいいよ」

「なんだい、猫飼ってんのか」

他愛のない話をしながら交番まで連れていこうとした。すると、

「そんなんで人をごまかすのか。いっぺん俺を放せ」

放せば逃げるに決まっている。それで、放してはすぐ摑む、という動作をくり返しながら交番の前に来た。そこでもまた逃げようとしたので、ズボンのベルトを持った。すると、これが切れたのである。そこで男が、

「みなさーん」

と大声で言う。歌舞伎町交番の真ん前である。中には男を解放したばかりの三係の署員がいる。

「みなさーん、警察官が私のベルトを壊しました。こんなことでいいんですか。こんな長い時間、私をこんなに拘束して、いいんですか、みなさん。これは任意って言わないでしょう。これは強制ですよ。これから私はこの警察官に誘拐されます。ベルトも私、弁償してもらいます。みなさん、見てください。これでーす」

切れたベルトをみんなに見せている。それで私が見物人に、

「この男はおかしいんです。みなさん、帰ってください、帰ってください」

と言って退散してもらった。しかし高齢の紳士が一人そのまま立っていて、

「おい、おまわりさん、こういうやつは許すな。わしがずっと見てるから」

「どこの方ですか」

「この辺で細々と車を売って生活してる社長だよ」

「じゃ社長さん、ちょっと見ててください」

と、ずっと見てもらった。すると男は弁護士の事務所に電話して、

「先生、来てください。なんかしつこい野郎がいてですね、前に何回も逃げられたっつって怒ってるんですよ。私のベルトも切ったりしてですね」

それで私に電話に出ろと言うので出た。弁護士は、

「あんたね、強制力ないでしょう。早く帰しなさい」

私は言った。

「先生、私はね、桃太郎精神を持っててね、弱い人には強く、強い人には弱いというのは嫌いなんです。強いやつには強い警察じゃなきゃ駄目だ」

「なんか意味わかんねえこと言ってるな」

「とにかく先生、来るなら来てください」

すると二時間後にやって来た。そして、

「そいつを連れて帰るぞ」

「あんた、先生ね、とんでもねえ話だよ。私は都民を味方にしてるからね、駄目だ」

「誰もいねえじゃねえか」

そうしたら件《くだん》の社長が怒って、

「俺が見てるよ。俺はもう七十二だけど、ちゃんと見てたよ。こいつが俺の息子だったらひっぱたくよ。ベルトなんかな、おまわりさんが握っただけで切れるわけないんだ。自分で切っといて、コノヤロー、悪い野郎だ。こんなやつを守るなんて、お前ら弁護士が世の中を悪くするるんだ」

本当は私が力いっぱいひっぱったからベルトが切れたのだが、俄然、相手の旗色が悪くなっていく。そして、決定的な場面になる。この紳士がドドドッと男のそばに来て、

「お前、弁護士にいくら払うんだ？」

と訊いた。すると、

「キャバクラ五回連れてく。この先生はキャバクラ五回連れてくのでオッケーしたんだよね」

それで私は大声で言った。

「先生、なに？　こんな人間とキャバクラ行ってるの」

さすがに弁護士も照れくさかったのであろう。

「わかった、俺は帰る」

と、そのまま帰ってしまったのである。こうなっては、さすがに男も観念したようだ。おとなしく覚醒剤を出して御用となった。そして〝約束〟どおり、刑務所から手紙が来た。私宛てではなく、「警視庁訟務課殿」となっていた。そこには、

「高橋という新宿のおまわりが、任意と言いながら長い間強制力をもって押さえつけてベルトを切った。私は絶対許すことができない」

という趣旨のことが書いてあった。要するに私の職質には任意性がなかったと強調したいのであろう。しかし、長時間留め置いたから任意性がないと言われれば、私たちは何もできない。警察官は一所懸命にギリギリの範囲内で何とか職務を果たそうとしている。

とはいえ、警察官だけでは限界がある。都民の味方があれば鬼に金棒である。

このときは、自動車屋の社長がいて助かった。この社長は、ヤクザ者が近くに住んでいて困っていると話していた。そして帰るときにこう言っていた。

「お前みたいなのと一緒になって、ともに戦うっていう精神があると最高だな。ウチには暴力団担当だとかって警察官が来るけどね、暴力団に金払っちゃいけないとか何とかって指導はしてくれるけど、俺と一緒にともに戦おうっていう警察官が一人もいないん

だ。お前の行動を見てて、いいなあと思ったから俺も味方したんだ」

一所懸命にやっていると、誰かが見ていてくれることを痛感したものである。

タトゥーを誇示する女売人

若い女性の売人もいた。

その子はネイルサロンをやっていた。今みたいに爪に色を塗るのではなく、綺麗に整えてやる程度という時代だったが、その子は耳の中も掃除していたようだ。耳掃除のお店の女の子が殺された事件があったが、その子はその走りだと思う。

彼女はいつも軽自動車に乗っていた。しかし、いい自動車なのに汚い。だが、服装は凄く格好よかった。

ある日、私が運転席側から、もう一人が助手席側から声をかけた。

「すみませんね」

と言うと、タバコを取り出して吸い始める。シャブ中特有の吸い方だ。もみ消してはまた新しいのに火をつける。車の窓を開けてはすぐ閉める。

「ちょっと免許証見せていただけますか」

「なんで私が免許証見せなきゃいけないの。私は今、経営者でね、爪とか耳を綺麗にする仕事をやってるんだけど」

「ええっ、凄いですね」

またタバコを吸い始め、火をつけたり消したり、相変わらず忙しい。タバコをすぐもみ消すので、

「えっ、お嬢さんもう吸ったの？」

「もう吸っちゃった」

車の中は汚い。タバコもその辺に放り出してある。ラジオはつけっぱなしだ。

「お嬢さんの仕事にはどんな物が必要なんですか、ちょっと見せてください」

カバンを開けると、中には化粧道具の他に生理用品が入っており、飲み残しのジュース缶まである。ガムの食べかすも入っている。そして肝心の仕事道具は見せない。

「仕事道具も見せてよ」

と言っても駄目。そこには覚醒剤が入っていたのだが、その時点ではまだシャブ中かどうか半信半疑だった。もちろんその可能性は十分あると思っていたが、まさか若い女の子に、「腕を見せてください」とは言えない。最も嫌がるからだ。騒ぎだすこともあ

る。それで別の面から攻撃した。

「お嬢さん、あれですよね。もしかしたら、そういう仕事をしてると、ヤクザ屋さんなんかとのつき合いはないよね」

バッグの中には何枚かヤクザ者の名刺が入っていたので、それに触れながら言ってみたのである。

「いや、違うのよ。私はホテルに呼ばれればホテルでも仕事するからよ」

一瞬、デリヘル嬢かと思ったが、

「あ、そうですか」

と聞き流した。しかし疑惑は深まってくる。そこで、

「じゃ悪いけど仕事道具……」

と言うと、

「いや、いや」

そのとき、助手席側にいた相方が回ってきて、

「主任さん、主任さん、ジーパンとシャツの間に入れ墨が見えてますよ」

お尻のところに入れ墨があるという。まだ私は入れ墨のことを「タトゥー」と呼ぶとは知らなかったので女に言った。

「すごいね、お嬢さん、入れ墨してるの」

「タトゥーよ」

「タトゥーって言うの？　タトゥーって何なの？　入れ墨のこと言うの？」

「知らないの？　あなた方、いいの入ってるわよ」

そう言ってパンツを下げお尻を見せてくれた。タトゥーは本当に綺麗だった。真っ赤なバラで、「薔薇」という文字まで入っている。

「何て読むの、これ」

「なに言ってるの、これバラって言うんだ」

すると相方が、

「バラだからばれた」

などとわけのわからないことを言ってるうちに、その子はようやく仕事道具を見せてくれた。そこには、筆箱みたいなケースに覚醒剤が二十グラム入っていた。ヤクザ者に使われた売人だったのである。この女の子を調べて何人かのヤクザ者が逮捕されているはずだ。

ヤクザ事務所から出てきた男

タトゥー女の売人を捕まえて何日か後のことだ。新宿五丁目から明治通りを東新宿方向にパトカーを走らせていると、右側に日清食品本社があり、左側にはLマンションがある。このマンションには住吉、極東などいろいろなヤクザ組織が事務所を構えている。だから、そこから出てくればだいたいヤクザ者と見てよい。

Ｋ一家の近くから一人の男が出てきたので職務質問した。そうしたら大暴れである。めっちゃくちゃに暴れる。そして妙なことを言うのである。

「テメー、コノヤロー、お前は俺が今買って来たヤクザ者と手を組んでるんだろう」

キョトンとしていると、今度は、

「おかしい。なんで俺を職務質問した。お前、わかってんだろ、俺のこと」

「何も知らない、君と今はじめて会った」

「何言ってんだ、俺は今、荻窪からはじめて来たんだ。この事務所に行ってきただけなのに、なんでわかるんだ。お前、ここの人間とグルになってるんだろう」

「知らねえよそんなこと」

「いや、絶対間違いない」

そしてこう言った。

「俺は裁判するからな」

「なに？　君はいったい何を言ってるの？　今、声をかけたばっかりで、なんで裁判なんかしなきゃいけないの？」

「いや、わかるだろう。上から下りて来ただけだから、俺、裁判する」

「何の裁判だ」

「俺は認める。今、シャブ持ってる」

要するに、覚醒剤を買って来たばかりだったのである。そのときちょうど職務質問されたものだから、事務所のヤクザ者と私が組んでいて、買ったという情報をもとに自分を捕まえようとしている、と思ったようである。それであっけなく覚醒剤を出したのだった。

男が言うには、「自分はインターネットで覚醒剤は体にいいと知ってここにはじめて来た。それで、今、ヤクザ者に十八万円も出して六グラム買って来たけど、まだ何にも使っていない。注射器も買って来たばかりだ。だから、捕まえたら裁判のときに呼び出して抗議する」ということだった。

そうしたら、本当に裁判に呼び出された。そこでのっけから弁護士が私にこう言った。

「あなたは新宿歌舞伎町にいたんですよね。絶対に、そういうヤクザ者を知らないですか」

「ヤクザ者はいっぱい知ってます」

「どうして被告人が事務所を出るとき、都合よくその場に居合わせたんですか」

バカげた質問だと思った。そんなくだらない質問に三十分もかけるのである。結果的に男は有罪になるのだが、わざわざ荻窪から来てヤクザ者から買ったこと、こんな無意味な裁判に時間と金を費やすことなどをみると、この男は売人だと確信した。

親分に使われる子持ち女

歌舞伎町には、女なら誰でもいいという感じのKという親分がいて、子持ち女やホステスなどを四人も五人も養っていた。大した顔役でもないのだが、みな覚醒剤でつながっていた。そのうち子持ち女は覚醒剤の売人として使われていた。赤ん坊を抱き、その体に覚醒剤を隠して客に渡すのである。

あるときパトロールをしていると、その女がケンタッキーの店から出てきて、近くのゲームセンターのほうに歩いて行くのが見えた。するとN巡査長が、

「チョーさん、あれ、もしかしたら赤ん坊の体に何か隠しているんじゃないですかね」

そこで、ゲームセンターに行って様子を見た。制服姿なので、決定的な何かを目撃しないかぎり、声をかけられないからだ。私は、子どもを連れているからまさか覚醒剤はやってはいないだろうと思ったのだが、N巡査長は、

「いやぁ、やってますよ。あれ、なんかおかしいですよ」

と言う。

シャブ中の歩き方は特有である。私はそんな歩き方を『シャブ跳び』と呼んでいる。法廷でそんなことを言い、「『シャブ跳び』って何だ？」と訊かれたことがある。簡単に言うと、ウサギが跳ぶように、ポンポンポンポンと跳ぶように歩くのである。打った直後はハイになっているので、そんな歩き方になるのだ。そして我々に声をかけられるとベラベラしゃべったり、何も訊いてないことを自分から言ったりする。すべて薬理作用なのである。

その女は、子どもをあやしてるのかと思ったが、違っていた。よく見るとピョンピョ

ンと跳ぶようにして歩いている。N巡査長が、

「おかしいね、今、ゲームセンターに入って股のところを触ってるよ、チョーさん、チョーさん」

股のところに何かを入れたと言う。そのうち店を出てきたので様子を見ていたら、彼女はこっちに向かって来た。そして、

「私、何もしないからね、何もしないからね」

と言うのである。だが、そのわりには、歩き方が変なのだ。股に何か挟まっているような歩き方だ。N巡査長が、

「悪いけど、何か下のほうから落ちそうだよ」

と言うと、

「何も落ちないわよ」

と言いはる。明らかに様子がおかしいので、交番に任意同行した。すると三メートルほど歩いては、痛そうにして止まる。また三メートルぐらい歩いては止まる。百五十メートルほどの距離を、そんな感じでやっと交番に着いた。交番ではN巡査長が、

「お前よ、俺に嘘ついてんじゃねえのか」

私も、

「嘘ついてないで、ちゃんと出せ」

二人がかりでそう言うと、さすがに諦めて、パンツから注射器を取り出した。痛くて我慢できなかったのだと思う。出してきた注射器は赤く染まっていた。歩いている間に注射針がチクチク当たっていたのである。注射器には針を留めるビニールカバーがあるが、慌てて隠したのでそれが外れたのだろう。

覚醒剤も出てきた。相手は女だから体を触るわけにもいかない。女性警察官の応援を頼もうかと思ったが、わりとすんなりと出してきた。十グラムほど持っていた。Kに命じられて、別の売人に渡すことになっていたようだ。

このようにしてKに使われるうちに、自分までシャブ中になったようだ。

本人は言わなかったが、どうやらKは彼女を売人としてつなぎとめるために覚醒剤を勧めたと思われる。彼女は覚醒剤を無料で使っていたからだ。

売人は覚醒剤をやらないと言われるが、シャブ中売人も結構いるようだった。自分も覚醒剤に呑み込まれ、客をも呑み込ませる。地獄の悪魔が、一人でも多くの人を地獄に引きずり込んで、自分は少しでも楽になろうとしているようだった。

地獄からは出られもしないのに。

第七章　シャブに溺れた親分たち

頭隠して尻隠さず

いよいよ歌舞伎町の裏社会に迫ってきた。ヤクザ者は覚醒剤を生業としているから自らはやらないという人も多いようだが、シャブ中ヤクザは結構多い。こんなヤクザ者がいた。

あるとき、大久保病院の近くに多摩ナンバーの車が駐車していた。職務質問をしても一切答えない。

「いずれにしたって、運転手さんね、名前と住所くらいは言わなきゃいけませんよ」

すると、町田に住んでいると言う。そこで、

「この間も町田の変なの扱ったな」

と相方に向かって話したら、

「俺は変じゃない。クスリを買って来ただけだ」

クスリと聞いたからにはそのままにしておけない。どこに行って買って来たかと訊いた。

「クスリは薬局行って買うのが当然だろう」

そして大久保病院の診察券を見せる。病院からもらったクスリの袋も持っていた。中には、胃のクスリのようなものが入っている。ただ一つだけ不自然なのは、赤い字で「薬ぶつ」と書いてあるパケが五つあることだ。そして言うのである。

「いや新宿に行くとね、あの～、おまわりさんの職務質問が凄いらしいから」

「ところで、『薬ぶつ』の『ぶつ』って何よ」

「いや、それはわからないけど、自然に『ぶつ』って入れた」

「なんで平仮名で『ぶつ』なの？」

「いやぁわかんない。自分でも書いたのわからない」

「何が入ってんの？」

「胃のクスリだよ」

「じゃあ見せてくれ」

手にとって見ると、明らかに胃のクスリではない。

「あれ、これ胃のクスリじゃないんじゃない？　塩じゃないの？」

そうしたら、

「あ、おまわりさん、凄いね～。それ、実は塩だ」

「そうか、塩か」

「実はうちのお婆ちゃんから、塩は縁起物だから持っていきなさいって言われた」

「だけどなんで『薬ぶつ』って書いたの？」

男は困った顔になり、弁解する。

「これは胃のクスリだけど、本当はお守りなんです。うちのお婆ちゃんからもらったものだから下手に開けると絶対駄目だ。あんたもバチ当たるし、俺もバチ当たる。お婆ちゃんには『これは安全のために持っていろ、絶対開けるな』と言われている」

「本当にお婆ちゃんいるの？」

「爺ちゃんも婆ちゃんもいる」

私にはそれが覚醒剤だという確信はなかったが、一応、薬物担当の捜査員を呼んだ。すると捜査員が、

「悪いけどちょっと切らしてもらうよ」

とはさみを入れようとした。

「このお守りを、お前ら勝手に切って開けたらどういうことになるかわかるのか！お前ら、ロクな目にあわねえぞ」

突然の大騒ぎである。ここで私は、この男はシャブ中に違いないと確信した。捜査員

もそう確信したようで、

「こりゃシャブだよ、お前」

「シャブじゃなかったらどうする、責任取るか！」

これには二人とも焦った。

「たくさんあるから一つだけ開けてもいいじゃねえか」

それでも、「やだ」「駄目だ」と拒否する。

「電話してお婆ちゃんを出せ」

「お婆ちゃんは出ない」

「なんで？」

「耳聞こえない」

おかしいと思って調べると、祖父母ともいない。それで、「本当のこと話せよ」と迫ったところ、

「調べればわかるだろ」

と言う。そこでパケをいじくりまわしていたら、

「テメー、コノヤロー、三万もすんだぞ」

覚醒剤だと教えてくれたようなものだ。

「え、何？　この塩、三万もするの？」

と言いながら、パケから「塩」を取り出した。

「テメー、コノヤロー、こぼしやがってコノヤロー」

男はもう興奮状態である。捜査員はまだ若くて試験のやり方にそれほど詳しくない。このため試験管に二回分くらいの分量を入れてしまった。すると、

「テメー、コノヤロー、三万もすんのをこんな無駄にしやがって！」

試薬を入れると見事に青藍色に変わった。間違いなく覚醒剤だったのである。もっとも、その前に本人が覚醒剤であると認めたようなものだから、これは軽く捕まえたのである。

歌舞伎町では職務質問されるとわかっていたので、自分で覚醒剤用のパケを作っていたのである。おそらく、五、六個作って買いに来たのだろう。それで巧妙にカモフラージュしたつもりが、頭隠して尻隠さずで、自分から化けの皮を剝いだようなものだった。

この男はヤクザ者といってもチンピラだった。

二代目若親分とのカーレース

せっかく捕まえてもチンピラじゃしようがない、もっと大物はいないかと思っていると、いたのである。葛西のほうで有名な親分の息子、二代目だ。その二代目を逮捕した。先の多摩ナンバー車に乗っていたチンピラを捕まえて何日か経《た》ったとき、私は歌舞伎町を歩いていた。すると、自動車警ら隊（自ら隊）が覚醒剤所持の容疑で白い車を追いかけている。セルシオだ。そこで我々もご相伴にあずかろうと、その車を追いかけた。どうせ歌舞伎町の中である。逃げられるはずがなかった。道は狭く、タクシーもたくさん停まっているからだ。ところがこの二代目は凄かった。タクシーには平気で車をぶつける。それでいったん停まるとまた発進する。タクシーの運転手が車から降りて、

「テメー、コノヤロー！」

と叫ぶのだが、ボンボンと逃げて行く。

そのうちに窓を開けて、ヴィトンのバッグや財布などありったけの荷物を道に放り投げ、まだまだ逃げていく。自ら隊が後ろから来て、

「高橋さん！　悪いけど、今捨てたの拾ってって！」

と言うが、

「バカヤロー、こっちだって追いかけてんだ、何ふざけたこと言う」

と、そのまま追いかけた。そしてついに、タクシーとタクシーの間に挟まって停まっ

たところを逮捕した。職務質問すると、「○○の倅《せがれ》で、二代目！」などと言う。私ははっきり、どこかの社長か歌舞伎役者の二代目かと思った。格好のいい男なのである。ただ困ったことに、荷物を道に放り出しているので、車内に目当ての覚醒剤がない。二代目男は我々の困り顔を見て、

「ざまあみろ」

と言っている。自ら隊も、

「お前が今捨てた中にあるんだな、コノヤロー！」

「知らねえよ、俺は捨ててねぇ」

こんな調子である。そうしたら援軍がやって来た。タクシーの運転手たちである。

「ふざけんなテメー、俺の車にもぶつけて、テメー、コノヤロー、ふざけたことやってんじゃねえ！　お前が捨てたもの持って来た！」

ぶつけられた運転手らは頭にきているものだから、捨てた物をみんな持って来たのである。

「知らない。するすると男は、

「知らない。運転手、コノヤロー、ふざけたこと言うな！」

今度はタクシー運転手らが男のセルシオをボコボコに蹴飛ばし始める。

「やめろやめろ！」

と男が言っても、怒りがおさまらないらしく、やめようとしない。男はまだ運転席におり、車のエンジンがかかっていて危ないので、我々は発車を阻止するために窓ガラスなどを割った。自ら隊隊員も警棒でガラスを割っている。車はもうボコボコなのだが、男はそれでも運転しようとするのだ。

これは、明らかに覚醒剤を打った直後だった。やっとのことで男を車から降ろし、交番まで連れていった。するとタクシーの運転手たちが、

「これ、あそこで捨てた」

「ここで捨てた」

などと男が捨てた物と場所を全部メモして提供してくれた。これは大助かりだった。荷物の中にはもちろん覚醒剤がたくさん入っていたのである。

そのメモをもとに、本人を現場に連れていって予試験をした。捨てた現場で、本人の立ち会いのもとで予試験をしなければ裁判でおかしくなるからだ。現場に行くときはまだ手錠はかけられないので、ベルトを持って連れていった。

そうしたら、今度は素っ裸になって大暴れである。どうやら、自分が何をやったかを覚えていないようだった。自分が捨てたカバンを手にとって、

「これは誰のだ？」

と言ったかと思うと、

「だけど俺のカバンだ」

などとわけのわからないことを言う。しかし免許証などすべて揃っていたので現行犯逮捕し、本署に連れていった。

そのうち少しずつ意識が回復したようだ。

「車で今日は来た」

「車で来たけど、江戸川の……ああ、江戸川じゃなく中川か？　江戸川かな。とにかく橋を二つ渡ったところで全部わからなくなった」

などと言っていた。物を捨てたことは覚えていなかった。惚《とぼ》けているのではなく、本当に記憶を喪失したのであろう。男は覚醒剤を打ち、酩酊状態で運転していたのである。

実は、そのお陰で我々も助かった。

あれだけ車をボコボコにして逮捕したのである。タクシー運転手も同じだ。五百万円もの車をめちゃくちゃにしたのだから、タダではすまないと思った。しかし本人が覚えていない。このあと裁判で賠償請求の訴訟を起こされたらどうなるかと心配したのだが、その点は無事にすんだ。

それにしても本当に大捕り物だった。あんな捕り物ばかりでは身が持たない。無事勤

務を終えたときにはみなで乾杯したものだ。汗だくだったから、ビールの味は最高だった。そして、

「ようし、今度はもっと大物を」

と、四係の士気はさらに盛り上がったものである。

素っ裸で逃げた組員

次に挙げたのは、ＵＭ組の組員だ。

北新宿の青梅街道のところに、当時、工事中のパチンコ店があって、周囲にセーフティコーンが並べられていた。その場所でＵＭ組の組員を職務質問した。ＵＭ組の中でも武闘派なので、入れ墨をたくさん彫っている。夏で薄着だったからよく見えた。

ところが、しゃべっていることがちぐはぐなのである。声をかけていないのに、

「なんで俺に声かけるんや」

などと関西弁でしゃべる。

「なんじゃこりゃあ」

と言ってみたり、「チビ」とか、「ダックス」などと私に悪口を言う。私が短身で太っているのでダックスフントだというわけだ。

「足の短いおまわりが、拳銃つけてお前、こんな街歩くんじゃねぇ」

体じゅうに竜などの入れ墨を入れ、指の先にも指輪のような入れ墨をしている。そして、歯はない。「コイツはなんかおかしい、暴れるな」と思いながら訊いた。

「なんかおかしいなあ。じゃあ交番に行く？」

「交番に行くよ。行く行く」

意外と簡単だ。ただ、途中、一回だけふっと立ち止まったときがあった。セーフティコーンのわきにあるマンホールのところで、

「タバコを吸わせろ」

と言って立ち止まったのである。男が取り出したのはシャブ中が好むパーラメントだ。おそらく、タバコを吸いながら覚醒剤をどこに捨てようかと考えていたのだと思う。覚醒剤はポケットに入ってるようだった。ライターを出すふりをして覚醒剤を手に持ったのだろう。しかしそのときはまだ、私はポケットに入ったままだと思っていた。おそらく手品師のような早業《はやわざ》でマンホールの隙間《すきま》に捨てたと思われる。捨ててから、

「さあ、じゃあ行くか」

と言ったのであろう。しかし、私はまだ気がつかない。いつも若い衆には「手と目を見ろ」と忠告しているのだが、そのときは、「コイツの入れ墨、格好いいな」とか、「シャブはどうせポケットに入ってるんだろうから、交番にさえ行けば落とせる」などと思っていた。

ところが、覚醒剤はすでに捨てていたものだから、交番に着くと、

「おまわりさん、悪かったね。何もないんだよ」

さんざん私に悪態をついていた男が、態度をがらりと変えてやけに協力的になった。

「シャブをやったんだろう？」

「わかったよ、脱ぐよ」

交番の中で服を全部脱いだ。パンツも脱ぐのである。通行人がいようが誰がいようが構っていない。シャブ中はそんなやり方をするのが多いのだ。そうして入れ墨を見せびらかす。この男は男性自身の先まで、

「ほれ見ろ見ろ」

と見せる。囚人はよく刑務所で歯ブラシなどを先端に入れてイボを作り、トウモロコシの出来損ないみたいにするが、それを自慢げに見せるのである。そして、

「俺が一回抱けば、女はもう離れないよ」

と自慢している。私はどうして覚醒剤が出ないのか不思議に思ってこれまでを思い返しながら、

「そういえばアンタ、あそこでタバコ吸ってたよね」

と言ってみた。すると途端に、

「おう、あそこにはセーフティコーンを置いてあるしな。あそこ（マンホール）は開けちゃダメだぞ」

ホシは必ずヒントを与えてくれるものである。そうか、あのマンホールの隙間に捨てたんだ。そう思って、相方を現場にやり、マンホールの蓋を開けさせた。やがて、

「パケあります、パケあります。タバコと一緒に捨てた模様」

と無線連絡が入る。すると男は、交番から慌てて逃げた。丸裸のままである。これでは簡単に捕まえられる。

「スッポンポンで入れ墨を彫った男が逃げている」

と手配したら、五分もしないうちにパトカーが捕まえて来た。

UM組系の組員には骨のあるのが多いのだが、中にはこのような組員もいたのである。

それから私は、ますますヤクザを集中的に捕まえることにした。なにせ、素人を捕まえるより面白い。面白くてかつ歌舞伎町の治安に貢献できる。この頃から私のターゲッ

トは、もっぱらヤクザになったのである。

親分に見放されたヤクザ

ところで、ヤクザの親分の中には話のわかる者がいる。こんな事件があった。

ＵＭ組員を逮捕して何日か経ったときである。夜中に北新宿方面から大久保通りを大久保へ向かって、パトカーで走っていた。すると二キロぐらい先に、バカに派手な男がいる。夜なのに黄色っぽい上下のスーツ姿だ。芸能人のようにも見える。どうして二キロも先を見るかというと、相手が気づく前に観察しておくのがパトロールの原則だから、できるだけ遠くを見ることにしているのである。

男は大久保通りから大久保駅の方向に、右に曲がった。相方にそう言っても、

「え〜！　そんなのいましたか？」

遠くを見ていないから、わからないのである。

急いで同じように右に曲がって男を追跡した。しかし男の姿は消えている。付近に小さなマンションがあり、おそらくそこに入ったのだろうと思ってよく見ると、ヤクザ者

が住むマンションという感じである。パトカーから降りて近くに行ってみた。すると、その男が上から階段で下りて来た。何階から下りたかはわからない。

　この男、意外に頭がいいのである。エレベーターに乗れば外から見ても何階で乗り降りしたかがわかる。しかし、階段を使われてはわからない。その点はさすがだと思った。ただ、部屋に入った様子はない。おそらく覚醒剤を持っていたため、もし事務所の中で捕まれば事務所全体が捜索されることを恐れてのことだろう。

　男は一階まで下りて来た。そのマンションには管理人がいるはずだが、その時間にはもういなかった。受付の窓は閉まっており、その前に電話帳のような分厚い本がある。ふと見たら、綴《と》じ込みのところに覚醒剤のパケが挟まっていた。男は慌ててそこへ隠したと思われる。男が近づいてきたので、

「おっ！　何？　ずいぶん早かったね」

　と言った。

「何が早いんだ？」

「何が早いったって、白い背広を着ているから、すぐにわかるよ」

「バカヤロー、これは黄色だ。これは俺が外国に行って買ってきたやつだ」

と自慢する。

「イタリアに行って買ってきたやつで、高いんだぞ。靴もイタリア製だ」

首にはキンキラキンのネックレスを巻いている。

「いやあアンタ、ヤクザ屋さんって言うより、芸能人か？」

「みんなに言われるんだよね。平幹二朗に似てるだろう？」

どこから見ても平幹二朗という感じではないのだが、本人が言うので調子を合わせた。

「俺も『ヒラ』って言って全然出世しないんだよ。ところでアンタ、駄目だよ。本の中に変なものを隠しちゃ」

実際は隠しているところは見ていないのだが、鎌をかけたのだ。

「俺、何も隠してないよ」

「隠してないって言ったって、見たんだよ。駄目だよそんなの。大したことないじゃない、そんなの。俺は毎日捕まえてんだよ。こういうの、大したことないよ。人殺したとか強姦だったらね、ヤクザ屋さんであっても少しは俺も驚くけど、何こんなの、毎日捕まえてんだから大したことないんだよ」

「いや、俺のじゃない」

「甘いな、お前」

「そんなこと言ったって、俺がゲロるはずがない」

そのうち、ヤクザ事務所が騒がしくなってきた。下ではパトカーが停まって赤色灯をぐるぐる回して大騒ぎをしているものだから、何事かと思ったのであろう。やがて上からドドドドドッと、ヤクザ者が下りて来た。そして組長らしいのが、私に向かって、

「うちの若い衆だよ、コノヤローは」

と言う。それで私が相方に、「コイツ（派手男）だけは逃げられないように見ておけ」と頼んでから、組員たちを、

「すいません親分さん、申し訳ありません。こっち来てくれませんか。組員の方も全部こっちに来ていただけますか」

と近くに呼んだ。そして、

「ところで親分、やつはバカだよ。本当にバカだよ。今どき組の前でブッ捨てるやつなんているかい？　組の前でブッ捨てたらアンタ、部屋もみんなガサられるよ」

と言った。そうしたらこの親分が派手男に向かって、

「お前なんかうちの若い衆じゃねえ。知らねえ。おめえ、ちゃんと認めて、（刑務所に）入ってこい」

と言いだしたのである。するとこの派手男が、

「最後にションベンだけやらしてくれ」

と言う。小便を取られて陽性反応が出ると、シャブ所持だけでなく使用の罪まで問われるから、使用だけは勘弁してもらおうと思ったのであろう。しかし親分風は取り合わずに、こう一喝した。

「お前！　おしっこだってな、向こう（警察署）行ってやりゃいいんだよ。早く出て行け！」

その一喝でケリがついたのだった。

保険金ほしさに子分の死を願う

ところで、ヤクザの親分にも打算的な者がいる。金のことばかり考えているのだ。

その頃になると毎日のようにシャブ中や売人を捕まえていたが、その中で、保険に入っているヤクザ者がいた。そのヤクザ者は某一家に預けられている若い衆だった。前の親分が刑務所行きになったため、その親分に預けられていたのである。まだ五十代の若手親分だ。

預けられた若い衆は、覚醒剤を使い過ぎて体を壊し、胃ガンになっていた。すでに胃を切除したようで、まだかろうじて生きているという状態だ。組長がなぜそんな男を預かったかというと、前の組長がその組員に保険をかけていたからである。二千万円ほどであるが、死ねば保険金が入る。

ある日、我々四係がその組員に職務質問した。場所は某一家の事務所近くだ。見るからにシャブ中である。ところが、暴れたり騒いだりでたいへんだった。ようやく取り押さえて所持品を任意提出させると、パケ六個を持っていた。このため覚醒剤所持の現行犯ということで本署に連れていった。

担当したのはS警部補という係長である。この人は仕事に果敢に取り組む人で、地域警察官の評判もよかった。やる気のない係長が多かった中で、自ら積極的に動いていた。やる気のない係長が多いといっても、もちろんこれは当時の話であって今はそうではない。私はその係長に組員の調べを任せ、自分は現行犯逮捕の書類を作っていた。すると、普段は隙のないS係長が慌ててやって来て、

「高橋君、高橋君」

「どうしたんですか、キャップ」

すると、「ここ、ここ」と言って口を指さす。その組員が泡を吹いているというのだ。行ってみると、口から泡をいっぱい吹いて、汗もかいている。そのうちにバタンと倒れ

てしまった。それからが大騒ぎである。

「どうした、どうした」

とみんな集まってきた。おそらく捕まる前に覚醒剤を飲み込み、それが胃の中で溶けたと思われる。

「どれぐらい飲んだ？」

「二パケか三パケ飲んだ」

「ええっ、バカヤロー、こら、えらいこった」

そう言いながら所持していたパケを調べたら、確かに開けた形跡がある。「こりゃたいへんだ」というので、逮捕どころか救急車で病院に連れていった。

その組員が、親分を呼んでくれと言うので電話した。私の知っている親分である。

「あんたんとこの若い衆が危ない」

と言ったら、「わかりました」と飛んで来た。心配してなのかどうか知らないが、他の若い衆をはじめ、妾と称する女まで来た。みんなつきっきりでいる。

それで私が、六パケ持っていたので現行犯逮捕しようと思っていたと言うと、

「あ、そうですか」

と、慌てて来たわりには、どこかよそよそしい反応なのである。普通なら、

「テメー、コノヤロー、うちの若い衆を殺しやがって」

などと怒鳴るはずが、一切そういうことを言わない。逆に喜んだような、嬉しそうな顔をしている。

「組長ね、捕まえる前にシャブを三パケ飲んじゃったらしいですよ。一パケが一グラムとして三パケだと三グラム飲み込んでいる。致死量飲んでるわけですから、死ぬかどうかわからない、おそらく私は死ぬと思うんですよ」

私がそう言ったら、そばにいる先生がそれを聞いて、

「すぐ洗浄、胃洗浄」

と始まった。そして組長に、

「もう駄目だと思いますよ。ただ、やるだけのことはやります」

すると一時間もしないうちに組員が一人もいなくなった。安心したのかどうか、とにかく一人もいないのである。何だこいつら、と私は思った。

結局、病院に残ったのは、私と相方のK巡査長と二人、あとは刑事が何人か残っているだけだ。洗浄はその後四、五時間ほどつづけられ、朝になった。午前六時、その組員は意識を取り戻して元気になってきた。

朝になって、組長が来る。もう死んだはずだと思っていたに違いない。ところが案に

相違して元気である。

「なんで生きてるの？」

口には出さなかったものの、顔にはそう書いてあった。普通は喜ぶはずなのに怒っているのだ。だから、「あ、これは保険のせいだな」と思った。前の親分が刑務所から出てくる前に死んでくれれば、自分の懐に保険金が入ると期待していたのだと思う。

ヤクザの世界も、親分だ、子分だといっても、そういう世界かなと思った出来事である。呆れかえった事件だった。

親分を売ったシャブ中ヤクザ

それから一カ月後のことである。

靖国通りの四谷署管内との境界あたりに車が停まっている。目の前のコンビニから買って来たのか、運転手は車内で弁当を食べていた。車はいい車なのに汚い。あとでわかったのだが、その車は親分の車で、普段はその男が運転している。だから掃除は欠かせないはずなのにやっていない。しかも食べ方が異様である。丸一カ月も食べていないかのように、弁当の横にお握りを置き、更にその横にはサンドウィッチを置いていた。

それだけの大食漢なのに、太っているかといえば痩せている。

「どうしたの、そんなに食べて」

「いや、まだまだ食い足りない」

目をギラギラ輝かせている。すぐシャブ中だとわかった。

「何やってんの」

「見ればわかんだろ。食ってんだよ」

「食べてるのはわかるんだけど、痩せてるわりにはよく食うね」

「何を食ってもいいじゃないか。お前、何言ってるんだよ、コノヤロー」

よく見ると、バックミラーのところにガムテープが貼ってある。やっぱりこいつは絶対にシャブ中だ、と思った。

「なんだ、そうとう（シャブを）打つだけ打って食ってねえのかよ」

「お前に言う必要ねえよ、コノヤロー」

そう言うと、車から出てきた。車内には、今打ちましたといわんばかりに注射器が置いてある。

「ほれ、そこに注射器が置いてあるじゃねえか。悪いけど、お前、これからおしっこしてもらって、注射器の中も鑑定してもらって新宿警察に行ってもらうから」

「ふざけたこと言うな。駄目だね」

しかし、応援要請をして署まで連れていった。すると途端に態度が変わって、

「俺、ホントに捕まるの？　名前、教えて」

「高橋だよ」

「俺、実は親分のケツ持ちで、この車じゃなくてもう一つの車にシャブが四百グラム置いてある」

と意外なことを言う。さらに、

「新宿のあるコインロッカーに大麻を二キロ隠している」

とも。だから許せ、と言うのである。

「お前ね、警察は今、そんなこと（取引き）できるわけねえんだよ。今はそんな時代じゃない。とにかくお前の注射器を検査して、おしっこも出してもらう」

「こんな旨い話に乗らないのか。今、俺は売人だよ。組長の車も運転している売人だよ。あんたね、俺からおしっこ取って逮捕するなんて、そんなちっちゃな仕事したいんか。西口親分の車をガサやってね、四百グラムを探し出して逮捕した方がいいじゃないか。こんなのコインロッカーにも大麻が二キロ入ってるんだからな。こんないい仕事しないで、ゴ

ミみたいなちっちゃい仕事すんのか。取引きしろ」

もちろん、そっちのほうも私はやりたかった。しかし、

「警察官はそういう取引きなんか一切やらないんだ」

と言って小便を検査した。陽性反応である。注射器からも反応が出て、車内からは空になったパケも出てきたので逮捕した。

すると男はまた私を呼んだ。

「今の話は嘘じゃないんだよ」

このため、刑事にその話をさせた。いい話だったので刑事課長も飛んできて調べた。そして一週間以内に親分の車から四百グラムの覚醒剤が出てきた。末端価格が四万円として千六百万円相当である。大麻も一キロ半ほど出た。

あれはいい仕事だった。親分も逮捕したのである。私は取引きに乗らなかったのに、その男がなぜ親分を売るようなことをしたのか。その点は不思議だった。親分が子分を見放すというケースは前に紹介したが、親分を子分が売るということもあるわけである。

ヤクザの世界がますます面白くなってきた。

棚からぼた餅の逮捕

面白いといえば、町田から来ていたヤクザ者も面白かった。

この男を職務質問したのは大久保通りの、韓国料理の店や教会がある付近だった。十年前に買ったかのような古いベンツが停まっている。横浜ナンバーである。運転手の他に親分風の男が乗っていた。ヤクザ者にしてはそんなに派手な格好ではない。運転手はおそらく子分であろうが、歯がなくていかにもシャブ中という感じだ。横浜から覚醒剤でも買いに来た男かな、と思った。

そのときは私一人だった。そのため近くの鬼王交番から若い巡査を無線で呼んだ。

「何ですか」と言うから、「とにかくこっち来いよ。今ちょっと職務質問やるから」と呼びよせた。それから運転手に声をかけると、おどおどしている。しばらく話していると親分が後ろから、

「おいっ、何やってんだ、コノヤロー、おまわりなんか、コノヤロー、いつまでお前、話してんだ、早く出ろ、出ろ、出ろ」

そして私に向かって、

「おまわりもしつこいな、コノヤロー、お前、どこだ、出身は」

「出身は宮城です」などとは言えないので、

「江戸っ子だよ」

「早く出せ、早く出せ、早く出せ」

と、また運転手をせっついている。ますますおかしいと思ったので、ドアを開けて、

「親分が出せ、走らせろってつってるけど、親分は免許持ってるのか」

と訊いた。

「持ってんですよね。だけど私が運転したことねえけど、乗ったことは……。左ハンドルやったことないんじゃないですかね」

などと意味不明なことを言っている。このため運転手の免許証を出させて巡査に照会させた。シャブ歴はないようだ。しかし、どう見てもシャブ中である。どうしても諦めきれない。そこで親分の前歴も調べようと「親分さん、免許証」と言ったら、「はい」と出してきた。

しかし、手が届かない。やっと触れようとすると、「はい」と引っ込める。手品師みたいな男である。そして、

「俺は組長だ。運転手じゃない。運転手はそこにいる。運転手は見せても俺は提示義務ねえだろ」

意外に道路交通法にくわしいことを言う。だから、

「提示義務って知ってるんですか。提示義務は、ちゃんと見せるのが提示でしょう。あんたのやってるのは提示じゃない。定時制高校だとか、夜間高校っていうのは聞いたことあるけど」

と冗談を交じえて言った。すると、

「テメー、俺をバカにするのか、こら」

あ、乗ってきたな、と思ったから、

「いずれにしても、もう一回だけ見せてくださいよ」

するとさっきと同じようにグッと免許証を出したので、すかさずパッと引っ張った。

「お前、俺の免許証ひったくって、コノヤロー」

構わず若い巡査に免許証を渡して前歴照会をさせた。そうしたら、

「親分のほうはBです」

ヤクザ者のことを『マルB』というから、私はそのBだと思ったので叱りつけた。

「お前な、こいつはヤクザだからBってことはわかってんだよ、最初から」

すると年配の警察官が来て、またもや、

「Bです、Bです」

「なに、ヤクザ屋さんを職務質問してんだからBだってことはわかってんだよ」

と思わず大きな声を出した。すると、

「なに、Bってヤクザ者なの」

まったく話が噛み合わないのである。そのうち誰かが本署に問い合わせたようで、本署から無線が来た。

「高橋さん、それは違う。マルBじゃないよ。指名手配のBだよ」

「えっ、指名手配？　どこから」

「渋谷から三千万円の恐喝で指名手配になってる男だよ」

それで親分に、

「指名手配になってるらしいね」

と声をかけた。すると今度は親分が車から降りて運転手のところに行き、

「てめえが早く出さねえからだ、コノヤロー」

と、運転手に蹴りを入れたのである。あとでわかったのだが、この日に恐喝の金が取れるはずだったのだ。

それにしても、「B」では私も勘違いしてしまった。略称はたまに混乱の原因になるということだ。

こんなわけで、親分はせっかくの金を取り損ねたわけだが、そこまではいいとして、親分が逮捕という事態になると今度は子分が開き直った。

「今日はね、あんた（親分）が三万円くれるって言うからあんたの車を運転したんだ。こうなったら（おまわりさんに）バラすけど、親分の免許証は失効しているんだよ。自分では運転できないから俺に運転を頼んだんだ」

そうしたら親分が怒って、

「テメー、コノヤロー、金なんかやらねえ」

「とにかくあんたから金もらわねえとすまない。俺はここまで運転したのにどうしてくれるんだ。約束が違う。刑務所まで金取りに行くぞ」

子分も負けていない。すると親分が、

「テメー、出てきたら殺すぞ」

どうやらその子分は一銭も持っていなかったようである。それで「金くれ、金くれ」と迫っている。結局、親分が折れて、

「約束は約束だな」

と三万円出した。子分は喜んで受け取り、

「あんたが指名手配になってるとは思わなかった」

と言いながら帰っていった。もともとは運転手に歯がなかったから職質したのに、指名手配中の被疑者を捕まえるとは、まるで「棚からぼた餅」だったといえる。

焼肉屋での大手柄

シャブ関係で親分を逮捕したことはこの他にもあった。

日勤の日に万引き対策をやらされていたが、四係は覚醒剤摘発が大好きである。そのため、午前中は万引き対策をやったのだが、午後は覚醒剤をやろうということで、まず靖国通り近辺の飲食街に行った。そして、「昼飯でも食ってからやるか」と、私とＮ巡査長、Ｓ巡査部長らとで焼肉屋に入った。Ｓ巡査部長は焼肉に目がないからだ。

その店は非常に安いので混《こ》んでいた。席に案内されると隣に怪しげな男が二人いる。顔を見ると、どうもシャブ中のように見える。そのため静かにして二人の会話を聞いた。我々はジーパンを穿いての私服警官だから、警察官とはわからない。三人は私服になればとくに警察官の臭いがしなかった。

そのうちシャブ中のように頬がこけた男があとからやって来て、隣のテーブルに座っ

た。すると先にいた親分風が、

「今着いたのか」

「はい、今着きました」

あとから来た男は子分のようである。親分風が、

「それよりお前、五十、大丈夫か？」

五十グラムの覚醒剤を車に置いて大丈夫か、と訊いているようだ。これはいい話だなあと思い、我々は食事をしながら静かにしていた。互いにウィンクを交わしながら。

すると、突然、

「それよりバカヤロー、どこに車停めてきた？」

と親分風。

「下に停めてますよ」

「バカヤローお前、五十も置いて下に停めていて、駐車違反で捕まったらテメー、どうすんだコノヤロー」

車に覚醒剤があることはやはり間違いなさそうだ。あとはチャンスを見て逮捕するだけだ。三人でそう話し合いながら食べつづけた。ところが、店が混んでいて肉がなかなかテーブルまで運ばれてこない。やっと来ても一人分だけである。そのため私らもイラ

イラしていたが、隣の男らにも一人前しか肉が来なくてイライラしている。親分風は食べずに、子分だけが黙々と食べているようだ。子分だけでも早く車に戻そうということだろう。

もし一人でも車に戻れば、五十グラムの覚醒剤をみすみす見逃すことになる。そのときN巡査長が私に、

「どうしますか？　メシやめて一人で車のところに行きますよ」

「じゃあお前、先に行って見てくれ。俺らも食ったふりして、どうせ安いんだし、食べないですぐ行くから」

と送りだした。やがて戻って来て、

「ありましたありました。これ、間違いない」

「鍵はどうしたの」

「いや、手はつけられません。そんなことしたらどこで誰が見てるかわからないから」

「ブツらしいものはあるか？」

「ブツらしいものはないけど、助手席の後ろの席に座布団があってそこが盛り上がってる」

「じゃあ五十どころじゃねえな。五百じゃねえのか」

などと話が大きくなった。ところが男たちは、私らが出たり戻ったりしているので気になってきたようだ。しかし、ご飯だけが来て肉が来ない。しびれを切らしたのか、親分風がいきなり立ち上がって店員を呼んだ。

「テメー、コノヤロー、メシだけ来て肉が全然来ねぇじゃねえか」

ああ始まったな、店長を脅かしたりしたらそっちでやっちゃおうか、とも思った。しかしばらく様子を見ていると、肉が来たので騒ぎが収まった。

いざ会計というときである。親分風が財布と一緒に注射器を取り出した。これで決まりだ。

「悪いけど、うちら警察なんだ」

その一言を聞くと、焼肉皿を我々に向かって放り投げて、三人とも下に逃げていった。しかし、すでに車のそばにはN巡査長の他にT巡査長も待機している。我々はゆっくり下りていって捕まえたのだった。

「お前、シャブをやってるだろう」

「いや、注射器は持っていただけです」

「注射器だけじゃねえだろう。お前、シャブも持ってんだろう」

と言うと、意外に簡単に観念して覚醒剤を出してきた。五十グラムどころか百グラム近かった。

シャブ中は普通、内ポケットに注射器と覚醒剤を入れている。肉が来なくて興奮しているせいで、財布と一緒に注射器を出したのが命取りだった。

その日は後処理で遅くまでかかったが、帰りはみんなで乾杯だ。めでたいめでたい焼肉屋であった。

日勤のとき少年補導をするのは、後始末に時間をとられないので定時に帰れるからだ。しかし四係は遅くなってもいいから覚醒剤を摘発しようと意見が一致していた。この日も帰宅は午後七時か八時だった。そのときも刑事に言われたものだ。

「お前ら、あんまりシャブシャブって、焼肉を食ってまでシャブなんてやるんじゃねえ」

そうは言われても、面白いのだからやめられない。その後も、刑事には嫌われつづけだった。私らはシャブ中摘発をやめるどころか、逆に、それを足がかりにしてヤクザの組織そのものに喰い込もうと思うようになった。地域警察官の立場からどこまで喰い込めるのか、喰い込んでみようじゃないかという気運が盛り上がってきたのである。

そして、いよいよ歌舞伎町の奥座敷、いや裏屋敷に乗り込んでいく。職務質問という武器を使って――。

第八章　ヤクザ社会

兄弟親分を逮捕

ヤクザの幹部は覚醒剤をやらないと言われるが、本当に偉い幹部は、やらないというより、持って歩いたりはしない。それに、住吉、極東、山口などの上級幹部は、「オウ、高橋！」などと声をかけてきていたが、紳士だった。

「職質かい？　高橋ちゃん、いいよ」

と両手を挙げて検査させるのだ。だからこっちも逆に甘くなるのかもしれないが、歌舞伎町を回っている親分連中はそんな感じだった。といっても例外はいた。東口で売人をやっていた兄弟がそうだ。二人ともシンナーや覚醒剤をやっていた。

年末のことだ。N巡査長と私とで警らをしていた。年末は忙しいので機動隊も応援に来ていたから、機動隊の若い隊員も二、三人一緒だった。そのとき、兄のほうがゲームセンターから出てきた。そして偉そうに私とN巡査長に対して、

「おい！」

と声をかける。N巡査長が、

「親分さん、すみませんね〜」

と、上目遣いの猫撫《な》で声で言った。すると、

「なんだお前ら、お互いに兄弟みたいな顔してコノヤロー」

「漫才師みたいな顔して」

などとからかってくる。N巡査長は、

「そうなんですよ〜」

と受け流す。N巡査長は偉そうな相手を扱うのが上手いのである。いつの間にか、

「親分さん、すいません〜」

などと言いながら手で親分の服に触る。親分は、

「何やってんだコノヤロー、勝手に触るんじゃねぇ」

と言うのだが、N巡査長はそのうち何かを服の上から探し出したらしい。それを握って、

「なんか、親分、あるじゃない」

親分は、

「放せ！　放せ！」

そのうち、

「チョーさん、チョーさん、ありますよ」

と私に応援を求め、機動隊隊員にも、

「捕まえて、捕まえて！」

と叫ぶ。このため親分を捕まえた。

「うわー、コノヤロー！」

親分は大騒ぎである。するとN巡査長が、

「親分、親分、そんな大きい声出してみっともないですよ。親分じゃないですか」

「わかった、お前に言われたんならしょうがない」

と静かになった。そして覚醒剤所持を簡単に認めたのである。しかし、そこまではよかったのだが、親分は、「わかったわかった」と歩きだしたところで逃走したのだ。ところがN巡査長は、体は小さいが元柔道選手である。パーッと走って親分を転ばすと抱き込んだ。それでも暴れる。体の大きな親分を小さなN巡査長が押さえ込もうとするのでなんとも滑稽である。私が面白がって見ていると、

「チョーさん、早く応援要請やってよぉ！」

機動隊に応援を要請して、再度捕まえたのだった。

交番まで来るとあっさり認めた。

「俺は親分だ。逃げも隠れもしない」

東口の大物親分で、シンナーの元締めをやっていた人物なので、大騒ぎしたわりには最後はあっさりしていた。親分と言われる人たちは、負けたとわかると意外に簡単に認めるものだと思った。

それから一週間後に、その親分の弟も逮捕した。これは偶然だった。

歌舞伎町に「S」というホテルがある。そこの奥さんが綺麗な人で、私はしょっちゅう顔を出していた。いや、誤解しないでいただきたい。助平根性ではない。そこはヤクザ者の溜まり場になっており、よく食事をしているので、奥さんからたまに顔を出してくれるよう頼まれていたからだ。

その日も顔を出したところ、奥さんが、

「ちょっとちょっと、高橋さん！」

顔がこわばっている。

「どうしたの？」

「うちの上（二階）にね、組長さんがいるんだけど、普通は二日か三日で帰るのに、もう一週間もいるんですよ」

「誰？　どこの組長？」

「東口の、ほら、兄弟でいる」

捕まえたばかりの親分の弟のことである。あとでわかったのだが、弟は恐喝容疑で指名手配になっていた。刑事がそのホテルにも来たようだ。しかし内緒にしていた。

「新宿警察の人（刑事）がうちにいるかどうか訪ねてきたけど、いるのを認めると私が狙われるでしょ。高橋さんなら制服のおまわりさんだから耳に入れておきます」

私は単純だからすぐ二階に上がって、トントンとドアを叩いた。すると出てきて、

「なんだおまわり、令状あるのか？」

「いや、令状って？　なんですか、令状って。親分さん、俺、全然知らないけど、今、事件があったのでみんなに、一軒一軒訊いて回っているんです」

と惚けて見せた。だが、

「おい、令状あるのか」

とまた訊いてくる。そこで、この親分が指名手配になっていることは間違いないと確信し、歌舞伎町交番に戻ってから本署に電話した。すると、

「高橋ちゃん！　組長いるのか？　そこにいたのか！」

と捜査員がホテルに飛んで行ったようである。私はいちいち行く必要はないから行かなかった。

こういうわけで、一週間以内に兄弟二人とも逮捕した。当時、新宿東口は広場になっていて、そのあたりから西武新宿駅までシンナーをやる連中が集まっていた。でっかい紙袋に入れてシンナーを売る売人も大勢いた。その総元締めを次々と逮捕したのだから、少しは新宿の浄化に貢献できたのではないかと思ったものだ。

塀の内側で死なせた大親分

親分逮捕で思い出すのが、刑務所の中で死なせてしまった親分のことである。その親分は上部団体の副会長だった。

その頃の私はすでに歌舞伎町に来て六年目になっていて、二、三人の若い警察官を連れて私服で回っていた。職務質問の指導官のような立場である。

大久保病院の近くを歩いていると、この親分が病院から出てきた。私はそれまでにこの親分を刑務所に二回送り込んでいる。シャブ中なのである。二回とも裁判になったが、裁判になったわりにはすぐ刑務所から出てくる。大金を払っていい弁護士をつけているからであろう。必ず同じ弁護士を二人つけていた。

親分は私に気づいて言った。

「今、どこから来たか見ただろう」

こちらからは何も言わないのにそんなことを言うのは、おそらく覚醒剤を所持しているからだ。

「どっから来たって、病院から来たんだろう」

「そうなんだよ。今、ガンって告げられた。あと命はどうなるかわかんない」

ガン宣告を受けたわりにはベラベラしゃべる。

「何のガン？」

「胃ガンだ」

「胃ガンもいいけど、覚醒剤をやめることだよ」

「なんだお前、また刑務所に入れるのか。今度入れば三回目だぞ」

そんな言葉が出てくるということは、覚醒剤を持っていると宣言しているようなものだ。

「また刑務所に入れるってことは、また持ってるのか」

「知らねぇよ」

これは間違いないと思ったから、

「いずれにしても交番に来い」

と任意同行した。すると大暴れだ。前の二回もそうだったが、このときも大暴れして、

「高橋、お前、俺は本当にガンなんだぞ」

そう言いながらブツを出した。大親分だけあって引き際はいいのだ。このときも裁判になったが、私は呼ばれなかった。いつもは呼ばれて弁護人にあれこれ嫌味を言われたのだが、三回目の裁判では音沙汰なしだった。親分はもう観念していたのだと思う。風のたよりで、その親分は刑務所で亡くなったと聞いた。悪いことしたかなあ、娑婆《しゃば》で死なせてあげたかったなあ、と思ったものである。

私が扱った中で最も印象に残る親分である。三回とも私に捕まって、最後は刑務所でこの世とおさらばする。可哀そうなことをしたと思う。

最初は暴れるがさっぱりしていて、人間として私は好きだった。尊敬できる人物だった。そんな人物をなぜこの手で刑務所に送り、塀の中で死なせてしまったのか。警察官の任務だから仕方がないが、覚醒剤にさえ手を出さなかったら、と思う。だからこそ私は覚醒剤の摘発にますます力を入れるようになったのである。

覚醒剤は人間を本当に駄目にする。

女房に突き出された親分

歌舞伎町にはゲームセンターがたくさんあるが、そこには中国人がよくたむろしていた。その一つを某系の親分の奥さんが経営していた。親分は三次団体の組長なので、その世界ではまあまあちゃんとした親分なのだが、奥さんは警察にすごく協力的だった。私とは顔馴染《なじ》みになっていて、行くといろいろな情報をくれたので、その情報をもとに中国人をたくさん捕まえたものだ。

奥さんの長女の旦那は中国人なので、中国人の子を店員に雇っていて、自身も中国語が少しできる。そんな関係で不法滞在の中国人がその店で夜を明かす。そのため、中国人犯罪の情報も自然に集まるわけである。

ところで、その奥さんの悩みは、旦那である親分が覚醒剤を常用していることだ。

「お父さんにやめさせたいんだけど、うちのオヤジは毎日、これ（性交）やる前に打つの」

「何？　何を打つの？」

「いや、わかんないけどね、高橋さんだから知ってると思うけど、私はコレだと思ってる」

「コレって何？」

「注射器で打つんだからわかるでしょ。それやると、本人は一時間くらい保《も》つって言うんだけど、私は五分しか保たないような感じがするの」

旦那とはそのことでケンカをするそうだ。そして、旦那が今日の夜中に来るからその話をしてほしい、と言う。しかし、まさかそんな話を組の親分にはできない。「シャブを見せろ」などと言って恥をかかせるわけにはいかないのである。

ところが、ゲームセンターの一番奥の席で奥さんとそんな話をしていたら、旦那である親分がいきなり店に入って来た。席にはそれぞれ仕切りがあるので、私がいると思わなかったのだろう。親分は誰かと買う買わないの話をしているのである。

「これ、三万にしよう」

「いや四万だ」

などと、明らかに値段の交渉をしている。そのとき奥さんがこっそりと言った。

「今日、実はね、オヤジがブツを買うはずです。今来た人は絶対にブツを持っているんだから、高橋さん、捕まえてくれない？」

もちろん、二人を現行犯逮捕した。喜んだのは奥さんである。

「これでしばらく帰って来ない」

これは、決して自分が浮気するためではない。旦那を更生させるためである。その意味で、健気な奥さんだった。この奥さんのためにも、親分が覚醒剤からおさらばするのを願ったものである。

子分に〝裏切られた〟親分

奥さんの思いやりで突き出された親分は、真相がわかればその思いやりに感謝するかもしれないが、子分の愚かさかげんで足をすくわれた親分にとっては、たまったものではないであろう。実はそんな親分もいた。

暑い時期だった。私は明治通りを歌舞伎町から大久保方面に向かって、一人でパトロールしていた。東新宿交差点を越えると左側が大久保、右側が新宿七丁目になるが、当時、右側にはヤクザ者や右翼団体の事務所があった。

そのあたりを通りかかったところ、ヤクザ者がTシャツと半ズボン姿で歩いている。

Tシャツ半ズボンと言っても、奴《やっこ》さんスタイルとでも言うべきか、お祭りなどで着る半纏《はんてん》のようなものである。いかにもヤクザ者というスタイルで、入れ墨を彫っている。その男が、私の姿に気づいたのかどうか、いきなりマンションの横にある自販機のところにブツを捨てた。私は近づいて、「何か落ちたよ」とか「何か捨てたね」などと言ったが、まったく無視している。

「何やってんのかなぁ、コノヤロー」

とでも言いたげな風情《ふぜい》である。だから、

「アンタ、捨てたんだろう」

と強く言うと、

「捨ててねぇ」

と頑《かたくな》だ。そんなこんなで押し問答をしていたら、上からヤクザ者が大勢下りてきた。ところが、こういうときにかぎって応援がいない。大通りだから普通は自ら隊のパトカーや交番署員が通りかかるのだが、誰もいないのだ。一人でヤクザ者の集団に応戦するのはたいへんだなあと思ったが、引き下がるわけにいかない。

それにしても、なぜこんなに大勢下りてくるのかと思ってよく見ていたら、一人の組員らしいのが上着を持っている。そして、

「組長、組長〜。これ着てください、これ着てください」

半ズボンと半そでシャツ、しかもサンダル履きの男に背広の上衣を着ろとはおかしな男だと不思議に思った。しかも炎天下である。あとでわかったのだが、もし覚醒剤を持っているならその背広に入れなさいということだったのだ。その頃は、職務質問をされると背広に覚醒剤を入れて次々と手渡し、一番最後の者が走って事務所に持っていく、というのが流行っていた。

しかしその組長は、もう覚醒剤は自販機の下にあると目で合図している。ところが組員たちはまったく気がつかない。そして相変わらず、

「組長、背広を着てください」

背広にブツを入れろというわけだ。組長は明らかに困っている。そのうち、誰かが一一〇番したようで、パトカー二台で応援の警察官がやって来た。そこで、親分の態度を見ようと、

「親分さん、さっき捨てたものは？」

と言ってみた。

「いや、俺は何も捨ててない」

「俺は捨ててないって言ったって、親分さん、そこに捨てたのを私は見てるよ」

と反論した。こんなやりとりを聞いていながら、それでも組員たちは親分が自販機の下に隠したとは気づかないようだった。組長としては、ブツを自販機の下から拾って背広に入れて若い衆に渡したいのだが、それができない。そのうち、背広を渡そうとしている組員が、自販機の下に目をやり覚醒剤を見つけた。そして、こう叫んだ。

「あったあった」

これにはさすがの組長も怒った。

「バカヤロー、お前、俺は捨ててねえのに、お前が『あったあった！』って、そんなこと言うバカいるか！　俺は捨ててない！」

「それじゃあ誰のだ」

と私が言うと、別の組員が言ったものだ。

「あれ、さっき渡したやつですよね、親分に」

これで一件落着だ。組長は配下の組員に完全ノックアウトされたのである。結局、組長が覚醒剤を捨てたのを私が見たということで、覚醒剤所持の現行犯で逮捕した。

これは裁判になった。親分は、

「自分はブツを捨てていない。捨てたのはおまわりだ」

と主張していたが通らなかった。一年何カ月かの刑期に服したのだった。

組員も愚かだが、親分も愚かだ。検事が「夏で暑くてTシャツと半ズボン姿なのに、なぜ子分は背広を持ってきたんですか？」と追及したら、「暑かったから」と、とんちんかんな答えをしていた。

頭のいい親分なら、ブツがあるとすぐ子分を呼んで、

「おい、この背広を持っていけ！　暑い！」

などと脱いで渡す。場合によってはズボンまで脱いで、

「ちょっと、このズボンが破けた！」

と脱いで持たせる。これでは一人の警察官では手も足も出ない。しかし、この親分はそこまで頭が働かなかった。だから、裁判でもあさってのほうを向いた弁解をしていた。

もっとも、本当に賢明な親分は覚醒剤になど手を出さない。子分にも出させない。人間が駄目になるのを一番よく知っているのだから当然だ。だから、覚醒剤で捕まる親分は、例外はあるとしても、大した人物ではないということである。

第九章　進出する山口組と中国マフィア

マフィアの資金源にされる親分たち

さて、いよいよヤクザ社会そのものについて触れてみたい。『職務質問』という「窓」から覗いた新宿ヤクザ社会とはどんなものだったか。

覚醒剤以外では、捜査の応援でIやKなどのヤクザを逮捕したことがある。彼らがやっていたのはバカラ（トランプ）である。トランプを使ってやる賭博の一種だ。手入れをしたときには、小岩を本拠にしているNという男もいた。あちこちから新宿に集まってやっていたようだ。そこには中国人もいたはずだ。だから、そのバカラはヤクザ者が仕切っていたのか、マフィアが仕切っていたのかわからない。

日本のヤクザ者がやる賭博は博打である。かつてMという博打捜査の神様がいて、取り締まりのやり方についてビデオを作っていたが、今の捜査員では博打の取り締まりができない。博打の詳細がわからないからだ。今でも博徒は博打をやっているはずだが、私の知るかぎり、摘発されたことはないのではないか。

バカラは、いわゆるマフィアが新宿界隈で始めたと思う。私は詳しくないが、おそらくあちこちから集まってやっている。やっているのはそこそこの親分クラスなので、それほど資金力があるはずがない。せいぜいミカジメ料程度の金額を賭けていたと思う。集まっていたのは住吉会系、松葉会系など雑多なので、主催しているのはおそらく外国人という感じがするのである。

ヤクザとマフィアの関係については、詳しくはわからない。平成六、七年頃は、ヤクザ者が中国人に撃たれたという時代である。当時は青竜刀事件として知られる「快活林事件」をはじめ、歌舞伎町を中心に来日中国人による殺人事件が頻発していた。そんな時代だったのに、IやKはバカラを新宿でやっていたのだ。

Iは私が小岩にいた時代に覚醒剤で捕まえた、松葉会系の組長だ。もちろん単なるシャブ中ではなく、一キロか二キロほどの覚醒剤を所有していたという容疑だった。Kもシャブ中親分。同じく逮捕されたNは六、七億円という巨額詐欺をやった親分である。三人とも、親分としてはそれほど大物ではない。そういうクラスがバカラをしていたことを考えると、くり返しになるが、やっぱり主催者はマフィアとしか思えない。この連中はマフィアの資金源にされてしまっていたのではないか。これは私の推測でしかないが、もしそうだとすれば本当に愚かな連中だ。

そんなわけで、歌舞伎町の裏社会はどんどん外国人に侵食されていった。

新宿ヤクザの資金源は、もちろんミカジメ料が中心である。その他には売春がある。たとえば、極東会は日本人売春婦だけでなく、フィリピン人やタイ人売春婦も仕切っていた。しかし、何回か覚醒剤で捕まえたことがあるMという男は、韓国人売春婦からも金を脅し取っていた。街頭で客を捕まえる韓国人売春婦はオカマが多いのだが、彼は、

「ここは俺のシマだ」

と脅して金を巻き上げていたのだ。最後には恐喝で逮捕され、その後は見かけなくなった。いつも歌舞伎町交番横の大久保病院あたりに立っていた。そういうのが二人ほどいた。私は十回ほど職務質問したことがある。

誇り高い山口組組員

歌舞伎町には山口組がかなり浸透していた。

K巡査長という巨体の警察官が四係にいた。父親は柔道の師範で、今は白バイに乗っている。あるとき、K巡査長とS巡査部長と三人で歌舞伎号に乗って明治通り沿いの日清食品本社ビル付近をパトロールしていた。近くには、前にも触れたように、多くのヤ

クザ事務所が入居している、地下にコインランドリーがあるマンションが建っている。そこを通りかかると、「888」というぞろ目ナンバーのセルシオが停まっていた。このナンバーはヤクザ者が好む。「88」とか「888」、あるいは「893」で「ヤクザ」と読めるものなど。

あまり近づくと警戒されるので、「おい、ちょっと、日清食品のほうで待っていよう」ということで、付近に車を停め、駐車違反を取り締まっているふりをした。当時はこの付近にたくさん駐車していたからだ。ただ、逃げられてはいけないので、K巡査長だけ駐車違反をチェックしている格好をして、残り二人は車中で「888」ナンバーのセルシオを監視した。

よく見ると、その車の後ろにBMWが停まっている。BMWは我々の感覚ではヤクザ者の車ではない。ヤクザが好むのはベンツやセルシオ、あるいはクラウンやセドリックであり、BMWやジャガーには乗らない。だから私は、BMWに職務質問をしたことがない。しかし「888」ナンバーの後ろに停まっているので不審に思った。

「888」ナンバーのセルシオは、黒塗りのいい車なのだが、後ろのバンパーのところが少しへこんでいてガムテープが貼ってある。シャブ中は壊れたところにガムテープを貼るのが好きだと前にも書いたが、その車にも貼ってあるので、持主はシャブ中のヤクザだと思った。ヤクザ者がＢＭＷの会社員に覚醒剤を売りつけているのではないか、と私は想像したのである。

そのうち、セルシオの後部座席から普通の背広を着た男が出てきた。ＢＭＷの運転手のようだが、手をギュッと握りしめている。その瞬間、セルシオは大久保通りに向かって猛スピードで走り去った。その車を追いかけても事故を起こすだけなので、ＢＭＷだけは逃すまいとその後ろにピタッとつけて、中にいる男を職務質問した。

「あんた今、車の中でヤクザ屋さんに脅かされてたのかい、あるいはお金でも借りてんのかい？」

男は黙ったまま手を握りしめている。何を握っているのかは見えないが、右に持ち替えたり左に持ち替えたりしている。

「何だと思う？」

Ｓ巡査部長に訊くと、

「いやあ、変なものじゃないでしょう。大丈夫でしょう」

しかし、セルシオは猛スピードで逃げている。おかしいと思って男に訊いた。

「なんなの、さっきの男たちは」

「いや、やつらはあれですよ、私となんか……なんか……」

「なんか」「なんか」と言うだけ。

「なんかじゃダメだから、あんた、脅かされてるんならはっきり言いなさい」

すると怯《おび》えたような顔をする。ヤクザ者ではなさそうだが、どこかとっぽいところがある。

「あんた、仕事何なの？」

「不動産屋です」

「どこでやってるの？」

「いやー、まぁ、どこだっていいじゃないですか、おまわりさん」

車は横浜ナンバーでBMWなので、フロント企業関係かとも思った。話し方も非常に丁寧なのである。シャブ中にも見えない。

「ところで、さっきからおたく、ぐっと手に握っているもの、何なの？」

「いや、何でもない」

「何でもない？」「何でもない」のくり返しである。これではラチがあかないので、

「じゃあ、BMWはそこに置いたままでいいから、あなたの話が聞きたいので、歌舞伎町交番まで来てくれます？」

案の定、「やだ」と言う。だからといって、握りしめている手を、「テメー、コノヤロ

ー、出せ！」などと言って指を一本ずつ力ずくで剝がすわけにもいかない。そんなやり方をしては、たとえ覚醒剤が出てきても、裁判ではほぼ無罪だ。任意提出ではなく強制的押収とされるからだ。現行犯逮捕ではよくあることだ。だから交番に連れていって事情を聴くしかないと思い、非常に丁寧に頼んだ。まさかこの男が覚醒剤を持っていると は思っていなかったし、仮に覚醒剤を持っていたとしても、脅かされて買わされたのだろうというぐらいにしか考えていなかったのだ。その考えが相手にも通じたのであろう。最後にはパトカーに乗った。

「後ろにどうぞ」

「ああ、わかりました」

という感じだった。交番では、

「悪いけどあんた、その手に持っているのは何なの、一体」

と訊いた。

「これだけの拳《こぶし》だから、見ればわかるでしょ、おまわりさん」

そう言いながら、また右に左に持ちかえる。しかし中身が見えない。交番に連れていくと中で捨てられることがよくあるので、周りに「ちゃんと見ておけよ」と忠告した。

すると男が、

「しょうがねえな」

「しょうがないって、何持ってるの？」

突然、手を開いた。そのときS巡査部長が手を出して、

「俺の掌に出せ」

ぐんと握りしめているから、覚醒剤であれば潰れて中身が飛び出す可能性がある。このため、S巡査部長が自分の掌に出させたのである。男は五十グラムもの覚醒剤を持っていた。よくこれだけの覚醒剤を丸めて持っていられたものだと感心した。

「これ何？」

「シャブです」

「君、悪いけど、本当の話をしろよ。いくらで買ったんだ？」

すると男が怒りだした。

「おまわりさん、俺をバカにすんのかい。今までおとなしくしてたけど、ふざけんじゃねえよ。逃げたあいつらがヤッちゃんで俺がシャブを買わされたド素人だと思ってるようだけど、逆だよ。俺は会社員でもなんでもねえ、不動産屋でもねえ。れっきとした山口組の親分だ」

「ええ、本当なの？　山口組の人だったの？」

「ああ、俺はな、横浜で商売してるけど、肩書は山口だよ、コノヤロー。俺が買ったんじゃねぇんだ。あいつらに百（グラム）頼まれて持ってたんだよ、百。ところが、一つ（五十グラム）渡したら、相手は金がないと言いだしたんだ」

一グラム三万円の時代だから、三百万円程度の金額だが、それを持っていなかったのであろう。それなのに相手は袋から全部摑んで持っていこうとした。このため男は、

「テメー、コノヤロー！　金のある分しか持っていくな！」

と袋をひっぱり、五十グラムを取り戻して握りしめていた、というのである。

五十グラムを、しかも営利目的で持っていて逮捕されたら長期刑になる。罰金刑ではすまない。中国なら死刑である。だから、我々四係は「中国だと何千人もの人間を死刑台に送りだしたことになる」と話し合ったものだ。

男に、相手とはどうやって知り合ったのかと訊くと、電話だけだという。そして、

「おまわりさん、あのナンバー覚えてないか」

「何言ってんの、８８８だ」

「８８８は、ヤクザ者がみんな使う手だ。もしかしたら、ヤクザ者に見せかけるため、ナンバーをつけかえてきたのかもしれない」

私らがヤクザ者と思っていたのが普通の社会人で、普通の社会人と思っていたのが正

真正銘のヤクザ者だったわけである。ヤクザの社会もどんどん変わっていくのであろう。

それにしても、この件では、山口組組員は誇り高いと思った。我々が誤解したように、ヤクザ者に脅かされて覚醒剤を買わされたと言いつくろえば刑は軽くなる。そのことは彼もわかっていたはずだ。それなのに、事実を洗いざらいぶちまけた。

「山口」の誇りがそれを許さなかったのであろう。

山口組に侵食される歌舞伎町

歌舞伎町にはいろいろな組員がいるが、山口組の組員はしっかりしている。あの大勢力がもたらすものであろう。

百グラムの覚醒剤を持っている山口組組員を私とK巡査長とで捕まえたことがある。すると、任意同行の最中に親分に電話をするのである。まだその時点では覚醒剤所持を確認したわけではないのに、もう観念しているのだ。

「親分、私、今ここに、ちょっとヤバイもの持ってます。私、永久破門でもいいので、とにかく破門にしてください」

それを聞いて我々は、バッグに拳銃でも入っているのではないかとヒヤヒヤしたものだ。交番に行って所持品を見たら、覚醒剤百グラムだったので胸を撫で下ろした。所持品を見せるときはあっさりしていた。

「はい、どうもすみません」

と、バッと見せたのである。前述の組員もそうだが、私が新宿で扱った山口組組員は、これほどあっさりしていた。一番悪いのはK組などだ。あのあたりの組員で売人をやっている連中は、幹部以外はみっともないくらい往生際が悪い。

新宿はもともと関東ヤクザが死守しているはずが、関西山口組はどうやって歌舞伎町に進出できたか。

実は、部下もいないのに山口組傘下の組長の名刺を持っている者がいる。名刺にはちゃんと「組長」と書いてある。しかし、事務所に行くとほとんどが一人きりである。誰かがいても、せいぜい若者が一人くらいだ。それでも山口組を名乗っている。そうやって勢力を伸ばしたのではないかと思う。資金力のある者をどんどん山口組に入れて、組長にしていったのではないだろうか。

しかし、そういう状態であれば関東系と武力では太刀打ちできないはずだ。それなのに、どうして山口組が歌舞伎町に入ってきても暴力沙汰にならないのだろうか。実はこの点が不思議だった。

当時、山口組で新宿に進出したのは主に健竜会（山口組三次団体）だ。一方、関東系では、住吉会幸平一家に属している加藤連合が歌舞伎町を本拠にしていた。当然、健竜会が歌舞伎町に進出すれば加藤連合とぶつかるはずだ。それがぶつからない。

実は、幸平一家の親分加藤英幸と山口組系の山健組組長山本一廣は何年も前に『親戚』といって、組織同士の兄弟分の杯を交わしているのである。その後、山本一廣は引退したが組織同士で血はつながっていなくても、親戚という言い方をこの世界ではするのである。普通は『兄弟分』と言うが、親分同士だとそれぞれ一家を背負っているのでこんな言い方になるのだと思う。山口組系の親分とそんな関係にある関東ヤクザは、その他に城東地区にもある。その裏には当然、山口組組長司忍の力と戦略があるだろう。健竜会が歌舞伎町に進出したのも、もちろん先代の山口組組長の戦略だと思う。

少し余談になるが、護衛に拳銃を持たせたということで服役した司忍が今年出所したとき、住吉会の親分も出所祝いに行ったと聞いている。その辺の事情は詳しくはわからないが、対立を避けてボーダレス化するという傾向は、最近の反社会的勢力の特徴でもある。

ついでながら、山口組、住吉会、稲川会の三団体はそれぞれ勢力を伸ばしている。ヤクザの人口は全国で構成員、準構成員も含めて八万四千七百人だが、そのうち山口組が四十六・九パーセント、住吉会が十四・六パーセント、稲川会が十一・二パーセントで、三団体だけで全体の七十二・七パーセントを占めている。ケンカとなれば大きな組織が強いのが当たり前である。そんなわけで、歌舞伎町ではこれからますます山口組が勢力を伸ばすと思う。

というのは、歌舞伎町では縄張りがあってないようなものだからだ。ここには東亜、極東、住吉、稲川、松葉などに加え山口も進出しているが、ミカジメのやり方を見ると他の街とはまったく違っている。地区別や店舗別に区分けするのではなく、同じところから複数のヤクザ組織が取っているのだ。だから、親分が逮捕されたりしてちょっと活動が鈍ると、ミカジメ料がぐんと減ったりするのである。

かつて関東ヤクザは、歌舞伎町だけは山口組に渡さないと結束していたが、結局はあまり役立たなかった。山口は図抜けて大きいので、他の組はあまり口出しできないというのが本音だと思う。それをいいことに渋谷では、山口組がこの街を仕切っていた東亜を排除して、今ではすっかり山口のシマになった。

ただ、幸平一家の親分と杯を交わしたのは、「新宿・歌舞伎町だけはお互いに仲よくしよう」ということであろう。住吉の別の親分とも杯を交わしているのではないかと思うのである。もちろんこれは単なる推測ではあるが。

山口はそうやって、街の実情に応じて全国に進出しているわけである。


ヒットマンを捕まえたが……


暴力団の怖さは、いざとなったら全国から人を集められるということだ。こんなことがあった。

交番から花道通りを風林会館の方に向かってパトロールしていた。N巡査長、K係長など三人か四人だった。「今日は拳銃でも摘発しようか」などと大ボラを吹きながらの巡回である。拳銃を摘発することは、滅多にないのだ。

風林会館の近くまで来ると、一台のワゴン車が停まっていて、運転手だけしか顔が見えない。窓には全部黒フィルムが貼ってあるからだ。助手席のほうにまで黒フィルムを貼っている。

その日は、誰が誰を職務質問して、こういうようになったら誰につくという手順を決めていた。その手順にしたがって、最初にN巡査長が、ちょこちょこと車に駆けより、運転手に声をかけた。すると、運転手が車から降りた。そして、どんどん車から離れていく。N巡査長もついていった。百メートルほど離れたところでN巡査長と話している。おかしいと思って私もそこに行こうとした。N巡査長が刺されるのではないかと心配だったからだ。

そのときである。いきなりワゴン車のドアが全部開いて、六人ぐらいの男が一斉にN巡査長のほうに向かって走っていく。私は、

「捕まえろーっ」

と叫んだが、猛烈な速さなので、N巡査長が気づいたときはもう遅く、追いかけはしたものの無理だった。こうしてみんな逃げていなくなった。これではどうしようもないと思っていると、極真空手をやっているA巡査部長が助手席にいた男を捕まえた。ところが、A巡査部長が突然、

「痛い痛い！」

と騒ぎ出す。どうしたのかと訊くと、軽く腹を押さえつけたつもりなのに手が痛くなったと言う。

「バカヤロー、拳銃じゃねえのか」

A巡査部長も気がついて、男の腹のあたりを探った。すると、三十八口径のアメリカ

製拳銃がポロンと落ちたのである。

「あった、あった、あった」

もうみんなで大騒ぎである。ついさっき冗談半分で言っていたのが本当になったのだから無理もない。みんな拳銃に触れそうになったので、「拳銃には触るな」と言って、パッと帽子をかぶせた。警察官はついつい喜んで触ってしまうからだ。私は刑事をやっていたので、証拠資料とするために触ってはいけないと、すぐ気づいた。

触ってはいけないのは、単に指紋が消えるからではない。発砲の有無を確認するためでもある。拳銃は撃つと銃口から弾が出るが、そのとき内部に火薬が残るので、この拳銃を何回使っているかがわかるのである。拳銃に弾が五発入っていても、過去にこれを使ったことがないかもしれないし、あるかもしれない。銃口を検査すれば、それがすべてわかるのだ。

また、助手席の男は防弾チョッキを着ているのに、我々はそんなものは着ていない。何事もなくてよかったと胸を撫で下ろしたものだ。

男を調べると、TというE組織の組員だった。札幌に住む二十五歳の男で、覚醒剤容疑で北海道警から指名手配されていた。逃げた五人も全国から集められたヒットマンだったのである。

車内を捜索すると、写真がたくさん出てきた。覚醒剤も六十グラムほど入っていた。不思議だったのは写真である。あとでわかったのだが、茨城県で殺された人物の顔写真だった。死体はダムのそばに埋められていた。

ところがここで非常に難しい問題があった。Tを北海道に送るべきか東京で措置するかである。通常は、先に指名手配していた北海道のほうに分がある。だが、拳銃が効いた。覚醒剤所持と拳銃所持という二つを比べると拳銃所持の刑が重いということで、この男は東京が優先されることになった。

その後、茨城での殺人事件が未解決なので、その捜査については捜査四課や捜査一課の中に我々の仲間であるN巡査長やA巡査部長が入って、共同で一年近く捜査した。その結果、首領クラスのヤクザを捕まえた。

ところが悔しいことに、我々には拳銃所持逮捕の警視総監賞しか来ないのである。一年も二年も殺人事件の捜査に参加したのに、こちらは一切褒章の対象にならなかった。

「いいところはみんな内勤特務に持っていかれたな」

そう嘆いたものである。

拳銃所持の検挙にしても三級である。拳銃所持は普通、一級なのだが、この点も納得がいかなかった。渋々もらいはしたが、いい事件を挙げたわりには、見返りは大したことがなかった。

ところで、そのヒットマンたちが狙っていたのは、中国マフィアのボスだった。そのボスがビルから出てくるのを待っていたのである。結果的に、警察がマフィアのボスを助けたことになる。

しかし、だからといって、殺しを見逃すわけにもいかない。警察というのは、そういう、ある意味政治的な思惑に動かされるのではなく、純粋に刑法に基づいて動くのが基本だと思う。警察活動に思惑が働いては、必ずや堕落する。法に違反しているかどうか、単純に割り切って行動するしかない。結果として歌舞伎町が中国マフィアに席巻されることになっても、それは仕方がないのであろう。街は生きていて、つねにある方向に変貌している。その方向を選ぶのは街自身であり、その街に住む人々の思いなのだ。

我々はただ、街がどこに向かうとしても、犯罪の少ない安全な街であってほしいと願うだけである。

第十章　歌舞伎町の租界

オートバイ婆さん

歌舞伎町にはいろいろな人種、変わり種がいた。

たとえば、日本人だとばかり思っていたがおそらく中国系だ、と思うような老婆がいた。いつも、歌舞伎町交番から三百メートルぐらいのところ、花道通りの「I」という店の付近に立っていた。ヘルメットをかぶり、太っている。一見すると日本人である。しかも男に見える。鼻毛が出て不潔な感じである。服装は、ジャンパーにジーパン風のズボン。オートバイに乗っている。

「あのババアは、中国人と日本人専門のケツ持ちだよ」

立ちん坊が言っていた。背後にどんな組織がいるかはわからないという。立っている場所から見て、K連合のヤクザ者、あるいは中国マフィアかもしれない。というのは、中国人や台湾人が来ると中国語で、

「いい女いるよ」

などと誘っているからだ。中国語を話すのだ。台湾人は歌舞伎町に来るとよくラーメ

ンを食べるが、この老婆は必ずそこに顔を出して、売春婦を紹介している。もっとも私はその売春婦に会ったことはない。

立ちん坊の話によると、ホテルの経営者とツーカーになっていて、そのホテルに行かせるようだ。この老婆は多くの立ちん坊とつながっていて、彼らを仕切ってもいるようだ。職務質問をすると、

「うるせえな、コノヤロー。テメー、おまわり、コノヤロー」

と、男みたいな声を出す。若い警察官に職質をさせると、しょげてこそこそ戻ってくるくらいだ。

中国語のできるN巡査長が職務質問したことがある。

「いや、あのババア、絶対、中国人ですよ」

と言っていた。同じ中国語でも台湾系のアクセントではなく、大陸系のアクセントだという。この老婆が行くと他の立ちん坊たちは散らばっていったので、用心棒のような男がいたのではないかと思う。

「もしかしたらマフィアあたりとつながっているか……」

などと、一人つぶやいたものだ。

この老婆はエロビデオも紹介していて、外国のエロビデオについて訊くと、どの店に

どんなものがあるか、すべて知っていた。そうしたビデオ屋はコマ劇場の横、小さな焼鳥屋が並んでいる一角に密集していた。

きっとマフィアとつながっていると私は確信していたが、最後まで尻尾は摑めなかった。得体の知れない老婆で、どこから来るのかさえわからなかった。いつの間にか「I」の近くにいたのである。歌舞伎町にはこういう得体の知れない外国人が多いのである。当然、密入国者も多かった。

密入国者をどうやって見分けるかというと、まず職務質問で外国人登録証明書を持っているかどうかを確認する。持っていなければ入国ルートを確認する。

「成田？」

と訊いて、

「成田に飛行機で来た」

と答えたら、観光ビザで来たとわかる。

「船で来た」

と言えば、ほぼ密入国に間違いない。しかも「コンテナ」と言えば完全に密入国である。だから、「船で来た」と答えれば交番に連れていく。密入国の中国人が交番に連れて来られると、決まって、

「私たちは日本でヤクザ者に連れて来られました」

と言う。日本に入国してからは、ヤクザ者の案内で歌舞伎町に来ているのだ。彼らは親戚などから金を集めるか借金をして、組織に二百、三百万円を払って日本に来ているのである。

爆窃団のからくり

このように、歌舞伎町には中国人が集まるので、自然に彼らの租界ができ、そこに犯罪組織が根を下ろしていく。こんなことがあった。

新宿駅東口に車が停まっていたので行ってみた。すると、いきなり男たちが車から降りて逃げた。運転手の他に後部座席に二人いたのだが、三人とも逃げたのである。私は一人だったが、靖国通りを横断して歌舞伎町方面に逃げるのでとにかく追いかけた。三人のうち二人は間違いなく中国人で、運転手は日本人だ。カバンを置いたまま逃げたので、

「おい、カバン置いてあるぞ〜!」

と言ったのだが、そのまま逃げて行く。どうやって捕まえようかと思って、咄嗟《とっさ》に、

「ドロボーーー！　ドロボウだ、ドロボウだ！」

と叫んだ。すると運転手は誰かに足払いを喰らって路面に二転三転した。だから、難なく捕まえることができた。歌舞伎町の路上は雑踏なので、警察官が「ドロボウ、ドロボウ」と叫ぶとこういう反応をする通行人もいるわけである。

交番で運転手から事情を聴き、車を調べるうちに私は怖くなった。車の後部座席には、ぐちゃぐちゃになった新聞紙がある。よく見ると拳銃の跡型が残っていた。おそらくその中に拳銃を隠していたのであろう。私が近づいたので慌てて拳銃だけ持って逃げたのだと思う。もし中国人の方を捕まえたら、どうなっていたか。

運転手によると、二人は「爆窃団」と言われる中国人の大ドロボウ集団のメンバーだった。運転手だけ日本人を雇っているのである。本署でカバンを開けると、バール、盗聴器、ぶっ壊し道具など一切合切の道具類が入っていた。壁をぶち破って事務所などに侵入していたのである。

彼らは運転手に余計なことは言わない。ただ、「どこそこのマンションの前に停まってくれ」など、最小限の指示しかしないという。日本語もあまり話せないようだ。いわゆる中国残留孤児の子どもで構成する「ドラゴン」もメンバーに入っていたそうだ。車

に乗せるメンバーは毎日変わると言うから、何十人ものメンバーがいたのであろう。

　もっとも、運転手はずっと同じで自分の車を使っている。一味はなかなか頭がいいと思ったものである。運転手は軽犯罪法違反でとりあえず逮捕したが、洗いざらいしゃべったのであろう、一年十カ月ほどの実刑になった。おそらく自供した件については全部被害届が出ていたのだと思う。

　中国人がこのようにして日本人を使った場合、一カ所成功するたびに報酬は三万円だそうである。六カ所やれば十八万円になる。いい稼ぎになるので、一度やったらやめられなくなるのだろう。

　中国人のドロボウを捕まえたこともある。

　夜中に明治通りをN巡査長と二人で歩いていると、駐車場の中で白手袋をしている中国人が二人いた。N巡査長が、

「あ！　チョーさん、これドロボウだ！」

「じゃあ、車を全部見てみろ」

　ということで調べると、鍵穴を荒らされている。応援要請をして二人を捕まえ、本署に連行した。取調官が事情聴取しても、二人は絶対に話さない。一切黙秘である。取調官は手こずっていた。

仕方がないので、我々は駐車場に戻って調べた。すると、車の下にドライバーなど、いわゆるドロボウの七つ道具が全部捨てられていた。彼らは警察官の姿を見ると一切合切を現場に捨てるようである。もう少し現場を調べて、道具類を彼らの目前で押収していれば立件できたのかなあ、と反省したものだ。

中国人のドロボウは、日頃は中華料理屋で働いている。そこでいろいろ覚えて、東北人グループや福建省のグループの爆窃団につながっていくようだ。だから手口が巧妙で、夜しか動かない。昼間は必ず中華料理店やゲームセンターの従業員としておとなしくしている。夜になると、〝本業〟を始めるのだ。

盗品は本国に持って行くだけでなく、日本国内でも売買している。場所はバカラ賭博の会場やゲームセンターなどの他、歌舞伎町や大久保界隈のマンションにあるドロボウ市場だ。そこには日本人は絶対に入れない。中国系のバーやクラブでホステスに売りさばいているという話もあった。その元締めは、いわゆるマフィアだろう。

ただ、私は一回もマフィアに会ったことはない。本当にそういう組織があるのかな、という思いはある。客引きをやっている連中の中に、もしかしたら、歌舞伎町の夜の租界を動かしている者がいるのかな、と思うことがあった。

韓国人は商売上手

韓国人は商売上手だ。職安通りにある韓国スーパーの店長は警察官に非常によくしてくれて、たとえば五千円ぐらいで七千円ぐらいの肉をサービスしてくれたものだ。だから歌舞伎町交番の全員が、女房子どもも一緒にみんなで集まって多摩の公園などでバーベキューをやったりした。

平成七年ぐらいの当時、歌舞伎町にある韓国人の店は百軒ぐらいでしかなかったが、今では数えきれないほどある。それは、商売が上手いからだ。たとえば、花売りの人は夜になってからバーやクラブのそばに店を出す。ちょっとした小さな店だ。どうしてこんな時間にそんな場所で花を売るのかと思っていたら、見栄を張る客は、ホステスが誕生日だというと一万円ぐらいの花束を持っていくのだ。それがわかっているので、店の近くにリヤカーみたいなものを置いて、花を売っているわけである。

今はそういう花屋が錦糸町あたりでも増えたが、歌舞伎町の韓国人がそのハシリなのである。もちろん、そういう店は道交法違反である。だから警察官が行って注意すると、

「じゃあ、ちょっと出します」

と、五メートルほど移動する。また注意するとまた五メートル移動して同じことをやる。その点日本人はバカ正直だから、警察官に注意されるとやめてしまう。また日本人はテキヤが多いので、警察が相手となると人を喰ったような対応はできない。

「どかして」

「ふざけんなよ」

と売り言葉に買い言葉で、結局、我々は道交法違反の切符を切ったりする。それではいけないのだが、違反は違反として処分することになる。

しかし、韓国の人たちはそうではないので、我々としても、一所懸命働いてるな、と思ってつい手加減したくもなるのだ。ヤクザ者ではなく、やさしそうな女性とか若者だから、あまり厳しくなれないのである。

「アンニョハセヨ」

などと言うと、向こうも、

「アンニョハセヨ」

とニッコリする。注意して、「ゴメンネ」などと言われると、こっちも矛を収めてしまうことになる。

路上で売っているものとしては、花の他にチヂミというのがあった。日本のお好み焼きのようなもので、油で焼いて海苔をつけて売っていた。これが安いのである。けっこう大きいのだが、一個百五十円か百円ほど。また、どこから仕入れるのか韓国のビールを飲ませていた。店構えはリヤカー式の屋台なのですぐ移動できるが、いつも韓国人の店の近くでやっていた。そして、何かあると店の人たちが出てきてかばっていた。

ところが驚いたことに、二カ月ほど経つと、多くがまともな店舗を構えるようになるのである。そのようにして韓国の店がどんどん増えていったのだ。

そういう現場を何度も見ていると、

「ああ、もう日本の国は全部、韓国とか中国に取られるな」

という気持ちになったものである。

中国マフィアとヤクザ

闇の世界でも、中国マフィアに日本ヤクザが押されているという印象があった。

当時は山口組にかぎらず、日本のヤクザが中国人を追いかけたりしたことは間違いない。ただ中国人の反撃は徹底しているから、おそらく山口組といえども怖かったはずである。当時は青竜刀で人を殺したり、日本人が銃撃されるという事件があったからだ。

そんな中国マフィアに誰が対抗するか。もちろん、真っ先に対抗するのは関東ヤクザである。しかし、関東ヤクザはもうとっくに武闘から離れてしまっている。なにせ『関東二十日会』という会を作って「P」という店に集まり、縄張りは話し合いで決めていた。二十日会はのちに『金曜会』となったりしたが、とにかく、山口組の関東進出にどう対抗するかしか頭になかった。

関東ヤクザが山口組を警戒していたのは、単に組織が大きいというだけでなく、山口組にはまだ武闘組織の色合いが残っていたからだ。一口に山口組といっても、二つの色合いがある。一つは、前にも触れたように、ヤクザ者タイプではない一人組長の、組織とは言えない組織である。名刺は、ほとんどが大阪や神戸の住所になっている。もう一つは、西武新宿付近に本拠を置く健竜会のように、派手に暴れ回る組織だ。

「おりゃ、山口だ、こりゃ！」

と、山口組であることをひけらかす。派手なジーパンを穿いて、いかにもヤクザ者という格好をしている。ジーパンを穿くときは普通、履物はスニーカーなのだが、革靴を履いている。腕をまくると入れ墨が見える。彼らはロシア系の店などから、少しずつ少しずつ攻めていったと思う。また、西武新宿駅から歌舞伎町に入ってくると左側に中国人の店があったのだが、そういう店にも因縁をつけて入っていた。

だから、現実的に中国マフィアに対抗できるのは山口組だと思われたのだが、その山口組も中国の進出を止めるのは難しかったようである。というより、山口組も中国人を利用して自己増殖していたので、所詮、期待するのがお門違いともいえた。

そんなわけで、私にはそんなちゃんとした組織があるとは思えないのだが、歌舞伎町は中国マフィアというか、そうした外国人による地下組織、犯罪組織の進出が野放し状態になっていくのである。警察としても、いろいろな形で摘発はしていたが、限界があった。

やはり、毒を制するには毒をもってせよで、地下組織に対抗するには地下組織が最高の武器なのだが、そんなものに期待すること自体がおかしな話かもしれない。

そんなわけで、歌舞伎町は、商売の世界では韓国人によって、闇の世界は中国人によって席巻されていったわけである。

第十一章　犯罪者天国

「ひったくりの神様」は高校生

　これまで風俗、覚醒剤、ヤクザ、マフィアと、歌舞伎町ならではの捕り物帳を語ってきたが、普通の犯罪も多かった。たとえば定時制高校生の「ひったくりの神様」がいた。

　私がまだ北一交番にいた頃だ。警視庁では日勤（交番に詰めない勤務）のときに少年補導をやる日があるので、その目的でパトロールしていた。すると男女二人で自転車に乗っている若者がいる。当時はマウンテンバイクみたいなものが流行っていたので、女の子を後ろに乗せて遊んでいると思った。しかし平日の昼間である。職務質問をした。

「お前ら何やってんの？　こんな昼間から」

「定時制の高校生です」

　定時制高校生にしては昼間に仕事をしないのはおかしいと思ったが、タバコなどは持っていないので補導はできなかった。

　そのうち、自転車の前カゴに入れてあるカバンを盗まれた、という被害届が集中するようになった。普通、ひったくりはオートバイだが、そうではなく、犯人は自転車に乗ったアベックだという。私はあの二人ではないかと思って捜査係長に話したのだが、一方では、あの二人ではあるまいとも考えた。

あるとき、たまたま中野でひったくられた中年の女性が、

「女の子に触られたときに電気が走った」

と訴えでた。それでも私はその二人ではないと思っていた。しかし気がかりなので、仕事が終わってからたまに新宿区役所の読書室に私服で行くようにしていた。ここは、冬は暖かいのでホームレスなどが集まる。何回か行っていると偶然その女の子がいた。

「ちょっと、持ってるもの見せてくれ」

女の子の荷物を調べてみた。すると、スタンガンが出てきたのだ。

「お前、何をやってる？」

「いやちょっと……」

「カバンはどこに置いてる？」

「西口のロッカーに置いてある」

ロッカーを開けてみると、ひったくったものが出てきた。犯人はその二人だったのだ。

少年はSといって、耳が少し悪く、話し方は上手ではない。ところが、この少年は近所の人たちに、「ひったくりの神様」と言われていたのである。弟は放火魔で、

「弟は火つけ、お兄ちゃんはひったくり」

と、近所では有名なワル兄弟だった。少年がひったくりを始めた原因は、実は歌舞伎町の警察官だった。歌舞伎町で職務質問をされたとき、反応が鈍いので、警察官に、

「お前、耳聞こえないのか！」

と言われた。だから新宿警察署の管内と浅草署管内でひったくりをやろうと決めたそうだ。からだの悪いところを衝《つ》かれると、誰だって恨みに思う。しかし、なぜ浅草もかというと、かつて兄弟の母親が、お金のないときにソープ嬢になって相当なお金を稼いでいたという。ソープ嬢は現金制といって、給料はその日払いである。帰宅途中ならみんなそこそこの金を持っている。だから未明に浅草でやれば稼げると思ったようである。

聞くところによると、今では埼玉に家を建てて、いい生活をしているらしい。自家用車は外車だそうだが、結婚はしてないという。今はひったくりはやっていないというが、同じような手口が今もあるそうだから、「まだやっている」という人もいた。

ところが、である。ある人と話していると、

「ひったくりって、すごい儲かるみたいですね」

「え、そんなの誰から聞いたの？」

「私ね、耳の悪いSさんと友だちなんですよ」

「Sって、あれ？　弟もいない？」

「弟さんは、すごいよね。今あの、鳶《とび》かなんかやってるんでしょ」

「なんでお前、知ってるの？」

「少年鑑別所で一緒だった」

家を買ったのも車を買ったのも、すべてひったくりで稼いだ金だったのである。のちに新聞にも載った。

侵入盗も多かった。

北一交番の管内には古いアパートが密集していて、よくドロボウに狙われていた。成子天神という神社付近をパトロールしていると、鍵束をたくさん持っている男がいた。ズボンのポケットからドライバーの先が見える。明らかにドロボウだと思って声をかけたら、いきなり逃げたので追いかけて捕まえた。確保して職務質問すると、Mと名乗るこの男が得意気に言っていた。

「アパートは簡単だ」

「何が簡単なの？」

「ブロック塀があれば、一階は簡単に入れる」

そこで、鍵束を持っている理由を訊いてみた。

「今でも鍵で入るの？」

「昔はそうだったけど、癖が抜けない」

昔は鍵をたくさん持っていて、どこか開いたところに入るのが普通だったが、その頃になると『三角割り』と言って、クレセント錠のところのガラスを三角にこじ破って錠を開ける手口が主流になっていた。Ｍもその手口だった。その手口ならドライバーが一本あればいいのである。それなのにこの男は、愚かにも鍵束をファッションのごとく持ち歩いていたのだ。

それが服から出ており、しかも真夏なのに手袋を持っていたのだから、捕まえてくれと言っているようなものである。自供に基づいて調べると、中野や荻窪などで百五十件ほどの余罪が出てきた。

この男はその後、シャブ中になったと聞いている。ドロボウは、ヤクザ者と刑務所で知り合うと、どうしても覚醒剤を教わるらしいのである。

余罪二百五十件の大ドロボウ

その後、歌舞伎町交番に来たが、赴任して間もなくのことだった。新宿駅前で男に職務質問した。三百六十円の切符を手にしながら大久保まで行くと言う。大久保までなら、百四十円である。おかしいと思って言ってみた。

「三百六十円で、君、もったいないじゃないか」

着ている服装や体格を見ると、典型的なドロボウである。昔から「ドロボウに太ったやつはいない。太ってるやつは詐欺師と粗暴犯だ」と言われているが、その男も痩せている。それに、ポケットがたくさんついている作業服のようなズボンを穿いていた。上は軽いジャンパーでサンダル履きだ。怪しいと思い、どこに住んでいるのか訊いてみた。

「家は千葉のほうだ」

「へえ、千葉。じゃあこっちまで出てきて、今、新宿で降りて、これから大久保に行くの？」

「そうです」

よく見ると、ズボンの横のポケットに何か持っている。

「あれ、何するのこれ？　ちょっと見せて」

折りたたみ式のドライバーを出した。ドロボウが使う硬いドライバーである。曲がらないのでピッキングやガラス破りに使われる。その頃は北新宿あたりでガラス破りの空き巣がけっこう発生していたので、その犯人かと思ったが、手袋や覆面用のパンティストッキングなどドロボウの七つ道具は持っていなかった。ただ折りたたみ式のマイナスドライバーとプラスドライバーだけである。

「これ、何すんの？」

「うちに水槽があって、それが壊れたんで直して、今、帰る途中だ」

「帰る途中ってのに大久保に行くのはおかしいんじゃないの？　さっき、千葉のほうから来たと言ったよね。千葉と言っても船橋だとか津田沼だとか稲毛だとか千葉とかあるけど、どこなの？」

「そこまで訊くんなら、四街道だ」

「え？　四街道からスリッパで来たの？」

「どんな格好をしていようと、アンタに関係ないだろ」

確かにそうである。関係はない。しかし、

「まあ、でも私も警察官だから、すぐそばに交番があるからちょっとつき合って」

と西口交番に任意同行をうながした。

その頃、平成六年頃には沿線ドロボウが続発していて、総武線沿線でもあった。この男もそうかと思ったのだが、そう簡単に捕まるわけがない。しかし念のためと思って連れていったのだ。

交番で住所、氏名などを調べると、空き巣の前歴がある。話を聴こうとすると、

「悪いけど、私は今、内縁の妻みたいなのがいてね、コイツと結婚するんで早く帰してくれないか」

水槽もちゃんとあるし、その女に訊けばわかるとも言う。

「水槽には何がいるの？」

「大きい水槽の中に、ピラニアだとか、そういう高いものを飼ってる」

「じゃあ、電気代も結構かかるでしょうね」

そう言うと細かく説明し始めた。だから嘘ではないようだが、他人名義のカードや預金通帳などを持っていたので、とりあえず本署に連れていくと、刑事が、「理由なく他人名義のカードと預金通帳を所持している」との理由で逮捕した。これらに関してはまったくの黙秘だったからだ。

ところが、一週間経ってもまったくしゃべらない。そして勾留延長になった。すると、再勾留の日に窃盗を認めたようである。

自供によると、市川の国府台《こうのだい》にあるN銀行の寮に忍び込んでいたようだ。男は寮専門のドロボウだった。なぜサンダル履きかと言えば、サンダルなら近所の人に怪しまれな

いからだ。ドロボウをして帰るときには、男物の靴があればその靴を履き、サンダルを置いて帰るのだそうである。

「寮っていうのは簡単だ」

と言っていたそうだ。玄関で管理人さえクリアして入ってしまえば、二階三階全部ドアは開けっ放しらしい。だから部屋を片っ端から荒らし回るという。余罪が二百五十件ほど出た。大ドロボウだったのである。

あとで刑事に、あれほど黙っていたやつが、どうして洗いざらい自供したのかを訊いた。男が黙っていたのは、内縁の女に自分がドロボウだと知られると結婚できないと思ったからだった。だから刑事は、その女性を調べ室に呼んで説得させたそうだ。結婚に関しては真剣だったわけである。

スパイダーマン

歌舞伎町でドロボウを働いた男を逮捕したこともある。

あるビルがよくドロボウに狙われていた。手口は同じだから同一犯なのだがなかなか捕まらない。侵入する場所はわかっていたが、どんな犯人かは不明。そして、いつも同じ場所から金を盗まれている。だから、おそらくそこの元従業員だろうということで、防犯カメラをつけて警戒していた。しかし、いつも失敗である。防犯ブザーが鳴った頃にはホシはもういなくなっている。どこから逃げているのか、まったくわからないという状況だった。

ある日、「センサー発報！　センサー発報！」と無線ががなり立てた。聞くと、例のビルにまたドロボウが入ったようだ。

「よおし、今日は逃げられちゃいけねえぞ！」

と言って、今度は交番全員でそのビルに向かった。頭の中は、とにかく警報が鳴って五分以内に現場に駆けつけること、でなければ逃げられる、ということだけだった。

ビルに到着すると、ドロボウが中から鍵をかけていて入れない。いつもは逃げるために開けているはずなのに、と不思議だった。しかし、それが幸いした。表も裏も固めてしまえば袋のネズミにできるから、囲みさえすれば逮捕したのも同然だ。というので、二手に分かれビルの前後を固め、私とＳ巡査部長ら三人でビルに入った。

下から順番に、部屋を隅々まで探して最上階の八階に来たときだ。社長室の応接セットのところに人影が見える。賊だと思って扉を思いっきり開けた。すると、窓を開けて飛び降りた。

隣のビルとの隙間が狭く、人一人がやっと入れるくらいなので、壁づたいに降りようとダイビングしたようだ。ビルとビルの間をスパイダーマンのようにして降りて行く。

そのうち、機動捜査隊のいわゆる覆面パトカーなどが続々と集まって来た。本署の内特も来て、現場は騒然としている。賊は完全に警察に囲まれてしまった。

そのときである。賊は疲れたらしく、体を支えていた手を壁から離してしまったのだ。

「危ない。地面に叩きつけられて死んでしまうぞ」

そう思っていると、少し落下したものの手を挙げたまま壁の間に挟まって動けなくなった。バンザイして、捕まえてくれ、というような格好である。ビルの隙間は下に行くに従って狭くなっていたのだ。

結局、救急隊が来て、ハシゴ車で犯人を屋上まで吊り上げて助けた。捕まえたというより、助けたというところだ。犯人はやはりその会社の元従業員だった。

この男は実に巧妙だった。何回も入っているから防犯カメラがあることも、それがどういう角度から映しているかもわかっている。だから帽子を下げて顔が映らないようにしたり、パンティストッキングをかぶったり、いろいろ工夫をしていた。そのときもパンティストッキングをしているものだから、手を挙げて、

「死にそうだ、死にそうだ」

と苦しがっていた。

「パンティストッキングを外せ！」

と言ったけれど、手は挙げたままだから外せない。三十分以上もがき苦しんでいた。

取調べでは全部自供したそうである。

贅沢三昧の偽装夫婦

オケラ公園の近くに通称「シャブ通り」と呼ばれる細い路《みち》がある。その一角にあるウィークリーマンションに巣食っている夫婦がいた。男のほうの名前はIと言って、年齢は六十五〜七十歳ぐらいだ。この二人が覚醒剤の売人だということはすぐにわかった。

しかし、職務質問をしても、「ふざけんな」などと言って、年のわりにはかわいげがまったくない。

「テメー、コノヤロー」

などと言葉遣いが荒く、目つきも悪い。だから、単なる売人ではないと思っていた。

男のほうはオケラ公園のあたりをいつもウロウロしている。女はというと、奇妙な動きをする。コマ劇場の周辺にいるかと思うと、パチンコ屋に入ったり、西武新宿駅付近の「K」というホテルに入ったりしている。そのホテルにはヤクザ者や売人の出入りが多かった。だからホテル従業員に事情を聴こうとすると、

「帰ってください。うちはビジネスホテルなのでおまわりさんに来てもらうと困るんです」

と言う。仕方がないので見張っていると、女はホテルに入っても一時間もしないうちに出てくる。

新宿プリンスホテルのフロントにもいた。しかし、泊まるわけでもない。声をかけても男と同じで一言もしゃべらない。遠くから見ていると、ヤクザ者やポン中みたいな相手に声をかけている。そして、声をかけられた者は決まってオケラ公園の方に向かう。だからその連中にも職務質問をするのだが、一回も捕まえたことがなかった。

どうすれば捕まえられるか。そこで例のオカマのOKちゃんに相談した。すると、

「あんたがた、まず無理だろうね。あの二人はうまいよ〜」

というのは、男のほうは公園の垣根に覚醒剤を隠したときはチョークでそこに丸をつけるらしい。そして女は、客がついたらオケラ公園の公衆電話のそばに立っている男の

ところに行くよう指示する。そのせいか、男はよく公衆電話のところに立っていた。そして、客が来るとチョークで丸のついている垣根を示して覚醒剤を取らせるのだそうである。客はその場に座りこんでタバコを一服して覚醒剤を取り、代金はそこに置く。だから、なかなかわからなかったわけである。

もう一つの方法は、オケラ公園にいるホームレスに持たせておくやり方だ。このホームレスはSという男だが、決まって便所に入って覚醒剤を客に渡すらしい。

そこであるとき、女を見張らせた。すると、

「今、婆ぁと会った男がそっち行くから」

と連絡が無線で入った。このため便所に入って待っていると、Sが入ってきた。ずっと見ていると、Sが客らしい男に何かを渡している。その瞬間に二人を捕まえたのである。その結果わかったのだが、ホームレスに持たせるのは一万円ほどの小さなパケで、大きなパケは垣根のところに置いていたようだ。

そこまでわかってから、Iに職務質問した。

「テメー、コノヤロー、ふざけんな。オレはね、Iって言うんだ」

とがなり立てる。所持品を調べても何も持っていない。ただ、大久保病院の診察券を出したので確認すると、名前はSとなっている。

「なんだ、あんたIさんじゃなくてSさんじゃないの？　もうちょっと持ってるもの見せてくれる？」

するとと、健康保険証を出した。その名前もSである。注射器も持っている。大久保病院に連れていって確認した。すると職員が、

「この人はSさんじゃない」

ただ、Sという糖尿病の患者は確かに来ており、インスリンを打っているという。そこでいろいろ調べてみると、本名はやっぱりIで、しかもたいへんな悪党だった。

Iにとって覚醒剤は副業みたいなもので、本業は酔っぱらいの懐を狙うカスリ盗である。その逮捕歴もあった。当時新宿には、夏になるとあちこちからドロボウが集まっていたが、I夫妻は、夏場は北海道札幌のススキノあたりでドロボウをやり、寒くなる冬場は新宿に来ていたのだ。

しかも、この二人は夫婦ではなかった。女はこの男にくっついて全国を回っていたのである。調べると三十件ほどの窃盗余罪があった。覚醒剤に関しては現物を持っておらず、注射器からも痕跡が出ない、尿検査でも出なかったので、カスリ盗だけで逮捕したようである。

歌舞伎町では結構いい生活をしていたようだ。ウィークリーマンションを一週間ごと

に転々として、おそらく荷物はそこに置いたままである。そしてKホテルに泊まったり、懐が温かいときは新宿プリンスホテルにも泊まっていた。新宿プリンスホテルに警察OBのガードマンがいたので訊いてみると、よく二人は泊まっていたそうだ。

チェックインは必ず夜。荷物は持っていなかったというから、ウィークリーマンションに置いていたのであろう。食事は結構贅沢していたようだ。新宿プリンスホテルに泊まるときは、かなりの上がりがあったと思われる。逆に稼ぎが少ない日はウィークリーに泊まっていたのであろう。

まさに、贅沢三昧の生活を偽装夫婦で楽しんでいたようである。

深夜に殺人犯を運ぶ

歌舞伎町というところには、指名手配の犯人もよく紛れ込む。いろんな人が雑多に蠢いているから隠れやすいのだろう。

あるとき、そろそろ三係と交代の時間になって帰り仕度をしていると、一人の男が相談にやって来た。もう非番なのだが、非常に悩んでいる様子なので応対した。その男性はクラブの店長である。どんな相談かというと、かつて覚醒剤をやったことがあって、それを買った相手から何回も金を請求されてすでに何百万円にもなっているという。相手はどこかで指名手配になっているはずなので逮捕してもらいたいというわけである。この日もやって来るようだ。そのため四係で捕まえることにした。

「じゃあ今日、夜、何時頃来るんだ？」

「開店前の五時か六時、私が店番をしているときに来ます」

「わかった。何の指名手配かわからないけど、何人かの体制で行きます」

非番なのに、捜査担当には一切相談しなかった。いちおう係長の耳に入れると、

「お前ら非番で大丈夫なの？」

「いや、指名手配の一人や二人、大丈夫だ」

などと意気がって出かけ、その店に六人ほど配置した。テーブルの下に潜り込んだり、トイレに入ったり、バーテンダーみたいな格好をしたりして、である。歌舞伎町交番の四係は全員で七人だから、非番なのにほぼ全員が来ていたのだ。

午後六時頃、店長が「来た」という合図を寄こした。すると予想に反して二人もやって来る。二人とも目つきの悪い男たちである。そして、一人がすぐにトイレに入った。トイレにはぶきっちょなS巡査部長が待機していたので、いきなりぶつかった。

「あれ？　お前見たことないな」

と言っている。Ｓ巡査部長は機転を利かして、にわか従業員になって謝っていた。そのうち、男たちの店長脅迫が始まった。

「おう、どうだった？」

約束のものはどうなったかという。もう一人も凄みを利かせて、

「どうなった、どうなった」

と責め立てる。一方ではしかし、我々のことも疑っているようだ。いくら従業員のようにしていても、急に男の従業員が増えたことが腑《ふ》に落ちないのだろう。

「どうしたんだ」

と店長に訊いている。

「今日から入った新しい従業員です」

「女だったらいいけど、男がなんでそんなにいるんだ」

男たちは、Ｓ巡査部長や私の顔を見ながら敬遠するような顔になる。我々が警察官であることに気づいたのかもしれない。店長は、我々がいるから安心しているようで落ちついている。

「俺はもう何百万円も返してるんだけどね、名前と生年月日くらい教えてくれ」

名前と生年月日がわかれば、どんな指名手配になっているかもわかる。店長に訊き出すよう頼んでいたのだ。

「なんでお前に生年月日なんか教えなきゃいけないんだ」

しかし、名前だけは教えた。そこでH巡査部長が外に出て、名前と人相とで指名手配について照会すると、一人は千葉県木更津で人を殺していた。もう一人も同じく千葉県警から別の容疑で指名手配されている。そこまでわかれば一気に身柄確保である。相手は武器を持っていなかったので簡単だった。

本署に連れていくと、

「なんでてめえら、こんな難しい事件を自分たちだけでやるんだ。せっかくだから、お前らだけで（木更津に）連れてけ」

しようがないから、非番なのにH巡査部長が運転して、夜中、木更津警察署まで全員で連れていった。いつ逃げられるかと、ヒヤヒヤしながら行ったものである。

怖かったけれど、金を搾り取られていた店長がこれで安心できたわけだから、もうそれだけで十分だと無理やり自己満足したものだった。

それにしても、いつものことながら、仕事をすればするほど内勤特務には嫌われっ放しだった。

第十二章　本署と交番

内勤特務との対立

新宿警察署で私が不満だったのは、職務質問で地域警察官が摘発したのを材料にして、内勤特務はなぜそれを足がかりに事件を掘り下げないのか、ということだった。

たとえばヤクザ者を我々が覚醒剤で摘発したとする。それを手がかりに親分まで調べ上げ、事務所を捜索すれば拳銃でも何でも出てくるであろう。しかし、それをやらない。忙しくて目の前の処理だけで終わるからだ。

もちろん、やった人たちもいた。署長が捜索を命じているはずだから、捜索はしていただろう。もしそのとき、すべての事務所を捜索して金庫から何から調べれば何かが出てくるはずなのだが、そこまで大がかりにやらなかった。

もっとも、忙しい署なので仕方がない面はある。

内勤特務は六日に一回泊まりがあるが、朝からの勤務で泊まるのでかなり酷である。暇な署であれば深夜は寝られるが、多忙な新宿ではあまり寝られない。二十四時間起きていることもあるのだ。それに刑事は、自分たちの手で捕まえなければいけないと考えているので、地域警察官に連れてこられるのを処理するのは余計な仕事だと思ってしまうようだ。

また、宿直というのは、そのときに起きた事件を扱うための泊まりである。だからそれ以上のことはやりたくないというのが本音である。何もなくて、

「今日は何もなかった〜」

というのが一番いいことなのである。ゆっくり寝ることもできる。しかし新宿署ではケンカ、強盗、強姦など事件事故が目白押しなのでそんなわけにいかない。そういう面ではちょっと可哀そうなのかもしれない。

それはともかくとして、我々四係と内勤特務とはよくトラブルがあった。職務質問で被疑者を一日に四人も五人も連れていくと、彼らは、

「また忙しいのが来た」

などと必ず嫌味を言っていた。だから、我々としては、

「ふざけんじゃない」

「こっちは寝てねぇんだ」

などと怒ることになる。また、連れていったのがヤクザ者などのときは、

「それくらい許してやれよ」

などと言われることがある。たとえば、ある運転手がナイフみたいなものを持っていたので連行すると、

「それは許してやれ。もっと大きいのをやれないのか」

と言われたことがあった。刑事の中にはネタ元としてつながっているヤクザ者がいるので、「もっと違うのをやってくれ」となるわけである。

中にはヤクザ者と癒着している刑事もいた。

たとえば、歌舞伎町には警察官の制服を百円くらいで洗濯してくれるクリーニング屋がある。ある日、そこを通りかかったとき、

「高橋さ〜ん」

と呼びとめられた。

「何？　おばちゃん」

「うちにね、ある刑事さんの奥さんだと称する人が来て、クリーニングに持ってきたって言うんですよ。でも、どこから見てもソープランドの女みたいなのよ」

どうやらその刑事はソープランドの女とつき合っていたようだった。その後、その刑事はヤクザ者との関係が発覚してクビになった。

あるいは、ヤクザ者が大ゲンカしていたので本署に連行すると、ある刑事とつながっ

ていたということもある。当時は、七年間ほどで十数人の警察官がヤクザ者や風俗業者との癒着が発覚して辞めさせられたものだ。警察官としての意識の弱い者は、接待や金銭買収によって摘発情報を漏らすようになりやすいのである。

だから、ヤクザ者などを覚醒剤で捕まえて連行しても、その男と刑事がつながっている可能性があるわけだ。内勤特務が四係を嫌がる理由の中には、そんな面もあったかもしれない。

もちろん、積極的にやってくれる内特もいた。Sという係長は、

「連れてきた」

「おお、連れてこいよ」

などと大歓迎で、まったく悪い顔はしなかった。例の倒れたヤクザ者を調べた刑事も非常に熱心にやってくれた。最終的にその人は警部になって、退職時には総監特別賞として刀をもらっている。

しかしこういう人たちは例外で、場合によっては襟首を摑むくらいのケンカになることもある。たとえば銃刀法違反で連行すると、

「相手には悪いっていう犯意があるの？」

と、妙なことを訊く。そして挙げ句は、

「犯意もないものを連れてくるんじゃねぇ！」

とくるのでケンカになるのである。私らに言わせれば、凶器を持っていれば、もうそれ自体が犯意である。持っていれば銃刀法違反である。それなのに、「犯意があるの？」と訊くのはおかしいのである。それから、

「現行犯じゃないだろう、緊急逮捕できるのか」

と難癖をつけることもある。要は、令状を取って逮捕できるくらいの証拠があるのかということだ。しかしこちらとしては、

「バカ言ってんじゃねぇよ、それを調べるのが刑事だろ」

という頭がある。だから言い争いになり、場合によってはケンカに発展するのである。

あわや暴力沙汰に

本気でケンカしたことも二度ほどあった。泊まりのとき、一晩に三件か四件持っていったことがある。そうしたら、

「お前らのばかり面倒見れねぇ」

と言われた。だから私が、

「我々警察官は仕事をするのが当たり前だろう」

と言うと、

「何、コノヤロー」

とケンカになったのだ。四係は一つの軍団でみな兄弟のような仲なので、体のでかい柔道選手のようなS巡査部長が、

「いいっす、俺が」

と言って相手の首っ玉を摑まえた。そうしたら向こうは向こうでみんな集まってきた。もう、殴り合い寸前にまで発展した。

こんなこともあった。

前にも触れたが、私らは被疑者を捕まえて本署に行くときは、内勤特務に対して「御苦労さん」という気持ちでジュースを差し出すことにしていた。それを当たり前のように受け取る者がいたので、私は怒ったことがある。

「本当はお前らが差し入れするんだろ？　お前ら、ふざけんな。俺もデカやってきた。何年やってきたと思ってんだ。お前ら、バカにすんのか。地域が一所懸命捕まえて持ってきたらね、お前らが調べるのは当たり前だ」

相手が同じくらいの年だったから、つい口から出たのである。

「今はデカやってねぇけど、俺が今デカだったら、お前らと反対に、逆に地域の人、ありがとうって言うよ。それが筋だろう」

すると相手は、

「ここは新宿だ。お前がいた小岩とは違う」

「バカヤロー、コノヤロー、テメー、小岩だって毎日ケンカなんか来るんだ。それをいかにテキパキと処理するかが刑事の腕だ」

確かに新宿は忙しいが、内特の中には、事件にならなそうな件をわざわざ事情聴取して時間稼ぎする者がいた。つまり、寝るまでの間は何かやっていた方がよい。しかし、もしそれが立件ということになれば最後まで自分で処理しなければいけないので翌日は早く帰れない。反対に事件化しなければ翌日はすぐ帰宅できる。だから、わざわざ事件化しない、たとえばケンカなどを時間をかけて事情聴取し、結局、示談書を書かせて終わりにするのである。

窃盗でも、立件できそうにない微罪をいつまでも調べて、最後には、事件化は難しいと言って終結する。そして時間がくれば寝るわけだ。

もちろん、真面目な人も少なくなかった。そういう人は事件化のためにあちこちを飛び回っていた。暴力団担当のT警部補は、ヤクザ者が来ればヤクザ者を詳しく調べ、ドロボウが来ればそれにも対応して、なんとか事件化しようと奔走していた。

　だから、我々がケンカしたのはゴンゾウ刑事である。特にヤクザ担当は、やるふりはするのだが仕事がのろい。能力が劣るのではなく、ヤクザ事務所にしょっちゅう出入りしていて顔馴染みになっているので、「許してくれ」と頼まれるとすぐ許してしまうのだ。事件捜査のときは親分を呼んで、いい情報を取ろうというハラなので、我々が持っていく銃刀法違反はどうでもいいわけである。

　それでいて拳銃でも挙げるならいいのだが、拳銃は一丁も挙げられないのに銃刀法違反を見逃せなどとはとんでもないと私は思う。むしろ、銃刀法違反を口実に事務所を捜索するべきだ。

　新宿署は忙しいところなので、早くテキパキと処理しようとする。それはいいのだが、きちんと処理するのではなく、早く終わらせるために、簡単に処理して済まそうとする傾向が強かった。そこが問題だと私は思うのである。

ヤクザ担当刑事の弱み

刑事による捜査は、逮捕令状を請求して身柄を拘束して調べるのが基本である。その場合、ヤクザ担当刑事はヤクザ者から令状請求の根拠となる情報を聞き込みするか、あるいは外部からの訴えしかない。ところが、ヤクザ社会は義理人情の世界であり、彼らとつき合う刑事も義理人情に弱い者が多い。私も暴対係の刑事をやった経験があるのでわかるのだが、ヤクザ者の事務所に行っているうちに義理人情に溺《おぼ》れて友だちになってしまうのだ。そうなると検挙できなくなってしまう。

こんなことがあった。

私が新宿署から警視庁本部に移って、技能官をしていたときだ。ある組長の車が自動車警ら隊によって職務質問されていた。すると、若い組員が即座に集まってくる。新宿署からも刑事課長代理をはじめ、ヤクザ担当刑事がみんなやって来た。車の中には何人か乗っており、その車に覚醒剤があることはわかっていたらしいのだが、車内をまったく見せようとしない。

ところが、もっぱら職務質問をしていたのは自ら隊隊員である。ヤクザ担当刑事は腕をこまねいている。そのうち、「もう帰るぞ」などと言っている。

そんなところに私が顔を出した。すると、横柄に構えていたヤクザ者たちの態度が一変した。

「お！　高橋が来た！　こいつが来たらもう駄目だ」

などと言っている。私は連中に言った。

「おい、一人でも二人でもいい、こっち出てこい。でなければお前らもたいへんだぞ。警察をバンバン呼ぶぞ。悪いけど、ここをパトカーだらけにするぞ、コノヤロー」

そうしたら運転手が出てきて、

「私が持っていました」

これで一件落着である。自ら隊隊員たちからは、

「高橋さん、ありがとうございました！　五十グラム出ましたよ」

と喜ばれたものである。対して新宿の刑事課長代理は面子《メンツ》丸潰れだった。

ヤクザ者は本当は悪い人間ではない。金がなくなったとか、刑務所で知り合ったとか、なんらかの事情でヤクザ者になっている。中に入れば義理人情の世界だから、必ず面倒を見たり見られたりだ。だから刑事が来ると、必ず取引きする。

たとえば刑事が指名手配になっている親分について、

「親分は今どこ行ってんだ」

と訊ねると、

「刑事さん、悪いですけどね、ちょっと勘弁してください。うちの親分が自分から出てくるまで待ってください」

「いつ出てくるんだ」

「ちゃんとそれは教えますから」

こういう話になるわけである。義理人情の世界に慣れた刑事も、相手の気持ちになってしまう。そうすると、どうしても動きが鈍くなるのである。

地域警察官はその点が違っている。この男は覚醒剤を持っていると睨んだら職務質問する。そこには義理人情も何もない。相手にも逆に、義理人情がないから怖いというイメージができる。だから、我々四係のことを「魔の四係」などと言うようになる。

内勤特務は我々を批判して、

「あいつらは実績実績で、捕まえることばかりだ」

と言う。するとヤクザ者まで、

「何だお前、実績稼ぎか？　点数稼ぎか？」

などと非難する。だが、違うのである。

我々から言わせれば、ヤクザ者の考えを改めさせる最良の方法は、現場で捕まえてやることなのである。

刑事の思い上がり

だから、地域警察官がどしどし検挙し、刑事がそれをどんどん処理するというシステムは、警察署段階では理想的だと思うのだが、刑事はそれを最も嫌がる。

刑事にとっては、自分が集めた情報で捜索令状や逮捕状を請求し、自分の手で逮捕するというのが理想なのである。それなのに、逮捕の発端が制服警察官だというのが面白くない。

「制服警察官が挙げて来たやつを、なんで俺らがやらなきゃいけねぇんだ」

という頭がある。

しかし時代は変わってきている。四係から捜査一課に行ったS巡査部長には悪いが、職務質問による逮捕のウェイトが非常に高くなっている。

たとえば、殺人事件が起きる。すると方面本部の各署から刑事が必ず二人ぐらいずつ集められ、それとS巡査部長がいる捜査一課の刑事が組んで捜査に当たる。事件発生から二十日間は五十人や百人体制で捜査するのである。あとは少なくなるが、犯人を逮捕できなければ本部そのものは時効になるまでつづく。その間の給料は厖大《ぼうだい》である。

それに対して職務質問は、日常活動の一環として、指名手配犯だろうが何だろうが一本釣りで捕まえる。英国人女性を殺した市橋達也被告を逮捕したのも職務質問だ。職質にはそういう凄さがあるうえ、余分に税金はかからないのである。

捜査員が何十人集まっても、できないものはできない。足利事件で無罪になった菅家利和氏の件でもそうだ。何十人も集まって逮捕したものの、結局DNA鑑定が駄目だということで無罪放免である。捜査にかかる費用は厖大なのに、結果は思わしくない。この複雑化した社会では当然と言える。捜査経済から見ると極めて非効率なのである。

大雑把な数字だが、国家公務員が百万人、地方公務員は三百万人、合計約四百万人の公務員がいる。その費用は衣服など一切を含めて一人当たり年間一千万円なので、年間四十兆円の税金が支払われている。そんな時代に、犯人一人を逮捕するのに捜査本部を十年間置くとどうなるか。迷宮入りともなれば何千万円もの税金をドブに捨てることになる。しかし職務質問なら、一人の警察官が、それこそ昨日入ったばかりの新人警察官でも、たとえば自転車ドロボウを捕まえたら殺人犯だった、などということがありうるのだ。

　それを重点的にやろうとして我々が考えたのが、職務質問指導班である。今、全国に職務質問の指導官がいるので、その人たちで地域警察官に職質の指導をやろうという計画だ。目下、いろんな指導をしていると思う。

　こうして向上した職質の技能を生かすには、警察捜査の仕組みを改革する必要がある。たとえば、地域警察官が職務質問で覚醒剤や窃盗などの容疑者を連れて来たなら、刑事がきちんと捜索令状をとって徹底的に調べればよい。捜索差し押さえをやれば拳銃も出てくるのではないか。あるいは、覚醒剤売人を逮捕できるのではないか。さらには、もっと上の元締めまで突き上げられるのではないか。捜査が難航している殺人事件の犯人に辿《たど》りつけるかもしれない。しかし残念ながら、まだその動きが鈍い。そのうち変わっていくとは思うのだが。

　刑事の中には、

「俺は偉いんだ」

　と思っている者がいる。そういう感覚はすでに時代遅れである。地域警察官が今でも嘆いている。「二百グラムの大麻を摘発したのに、あとはどうなったのかわからない」

など。おそらく、それ以上の捜査をしていないのである。

刑事の中には、地域警察官に対して、

「あ、おまわりさん？」

などと上から目線で呼ぶ者がいる。調べ室に行くと、

「おまわりさん、こっち来て」

と言うのだ。そんな呼び方をされると、

「バカヤロー、テメーもおまわりだろう、コノヤロー。テメー、刑事とおまわりと違うのか、コノヤロー」

と、みんな不快になる。私みたいな年配者に対しても、

「ちょっとおまわりさん！　ここ聞きたいんだけど」

などと言う。

「ふざけんなお前、誰に口きいてんだ、コノヤロー」

と私は言い返すのだが、内勤特務の頭の構造はその辺から直していく必要がある。

制服組はみなやる気のない下っぱの警察官だと思っているようだが、本当はそうではない。制服を着て現場で仕事をしたいという若い警察官は増えている。彼らは本当に仕事をしようと燃えている。長野県の地域警察官がバイク二人乗りの少年に拳銃を突きつ

けて暴行したとして逮捕され、懲戒免職になったが、あの警察官は少しもやり過ぎではない。あれが普通である。使命感に燃えているなら、あんな行動に出るのは当然だ。

現場を知らない幹部

こういう状態を改革するうえで、最も重要なのは署長である。

署長にとって何が一番怖いかといえば、警察官の事件事故である。だから、部下に対しては、「あまり事件に入り込んではいけない」「言葉遣いは丁寧にしなさい」などと忠告している。もちろん、それ自体は悪くない。

しかし、たとえば職務質問で自転車に乗っている若者に声をかける。そうすると、

「なんでウチの息子がいつもいつも声かけられるんですか。ドロボウも何もやってないのに、おまわりさん、おかしいんじゃないの」

などと親がやって来る。すると現場を知らない幹部は、

「すみません、申し訳ありませんでした」

とすぐ謝ってしまう。そして担当の警察官を捕まえて、

「なんでお前は同じやつにばかり声かけるんだ」

と叱りつける。それではいけない。現場を知っている幹部なら、

「なんで夜遅くにあなたの息子さんはいつもうろついてるんですか。だから声をかけられるんですよ」

などと言うだろう。

言葉遣いの問題もそうである。私は言葉遣いで注意されたことがある。ある学生に職務質問で、

「すみません」

と声をかけた。すると、まだ何も言わないのに、

「失礼だよ。任意か強制か。うちの親父は弁護士だ」

と、言われた。それで終わってては仕事にならない。そういう者ほどおかしいと思うから、どんどん追及していった。すると荒い言葉にもなる。このため、学生は親にすぐ電話したのであろう。やがて上司に呼び出され忠告を受けた。

そんなわけで、運悪く現場を知らない代理とか課長が上にいると、仕事熱心な者ほど上から叱り飛ばされる羽目になる。

「出る杭を育てよう」

というのが私のモットーである。出る杭を打ってはいけない。一所懸命にやっている者を育てなければいけない。それなのに、

「お前は言葉遣いが悪いからクレームがくるんだ」

などと上から押さえつける。熱心な警察官なら不審人物に対して、

「どうもすみません、こんにちは」

「ただいまからあなたを職務質問しますけど、よろしいでしょうか」

などとは言わない。だから、現場を知っている上司ならそんなクレームが来たときは、

「どういうふうにしたら相手が怒ったの？」

などと、まず状況の説明をその警察官に求めるだろう。頭から押さえつけることはしない。

現場第一主義の署長も

そういう観点から、私が新宿署で最も尊敬したのは、捜査一課長から来たT署長だった。この人は現場をよく回っておられて、我々に具体的な指示やアドバイスをくれた。

「高橋よ、どういう店(風俗店)がどういう風になってるのか、全部控えておけ。店長は必ず雇われ店長だから、そいつの名前も控えておけ。で、必ずホステスを呼んで、来なかったら向こうで写真撮っとけ。どういうホステスなのか。そうすると、面割りもできる」

要するに客がボラれたなどと訴えてきたら、

「店長はこういう人で、こういう女の子いなかった?」

などとこっちが写真を見せる。すると、

「ああ、ここです」

と言える。そうなれば被害届が取れるのである。私らはそれをやったのだが、もともとT署長のアドバイスだった。

その資料を作ったのが、O巡査とN巡査長である。「備忘録のO」「備忘録のN」と呼ばれていた。

それから、T署長は人の話をよく聴く人だったので、交番の要求を直接訴えたものである。署長が勤務を終えて歌舞伎町をぶらつく時間帯を見計らって、交番で作った夕食を食べてもらうのである。それで、やおら要求や希望を直談判する。

この署長はロス疑惑やトリカブト事件などの捜査で勇名を馳せた人で、しかも徹底した現場主義者だから、必ず管内を歩くのである。朝は署長公舎から出ると本署に直接向かうのではなく、北一だの鬼王だのという交番をめぐって、それから本署に行く。帰りも同じで、歌舞伎町をめぐったりする。私服だから一般の通行人と同じである。

最初にこの署長が凄いと思ったのは、夜も回っておられて、「こういうところにシャブ中がいる」「こういうところに立ちん坊がいる」などと見ておられたことだ。そして、「ここに防犯カメラがあったらどうだろう」

という話になった。歌舞伎町に防犯カメラを設けることになったのは、T署長の提案によるものだったのである。

町の人たちは当時、人権などを理由に反対した。とくに歌舞伎町ではヤクザ者や金持ちたちが女を連れて歩いているので抵抗感があったようだ。しかし、署長の力で防犯カメラができた。今ではどこにでもついているが、歌舞伎町はその走りだったのである。

これまで幹部に対する不平を並べたが、もちろんそういう幹部ばかりではなく、中にはこんなに素晴らしい幹部もいたということは、ぜひ、この場で言っておきたい。今後もそういう幹部の出現を期待したいものである。

しかし現場の我々は、それとは関係なく頑張るしかない。地域警察官は腕一本なのだから、現場から突き上げるしかないのである。

第十三章　職務質問の極意

教科書どおりの職務質問

警視庁本部で職務質問の指導官として、Kという若い巡査を連れて歌舞伎町から大久保通りの方へパトロールしていたときのことだ。職安通りを横切って大久保通りの近くに行くと、右側に公園がある。そこには当時、シャブ中がたくさん集まっていた。

ところがそこに、車が停まっている。運転手らしい男は、我々が行っても車に戻ろうとしない。おかしな男だと思ってK巡査に声をかけさせた。歌舞伎町に来たばかりで、もそもそ話すものだから軽くあしらわれている。どうやら駐車違反だけでその場を切り抜けようとしているようだ。

黙って聞いていると、男は、

「なんで駐車違反だけでそんなトゲトゲしてるの。駐車できる場所もないのに、むりやりどかせって言うのか」

などとやっている。私は、男が覚醒剤を持っていることは間違いないと思った。覚醒剤を持っているから駐車違反に話をもっていこうとしているのだ。車にフィルムを貼り、歯はなく、しきりにパーラメントを吸っている。間違いなくシャブ中である。しかも職務質問への対応には慣れている。

「あんた、それより警察官になって何年になるの」

などと話をすりかえ、非常に言葉巧みなのである。若いK巡査がこの男にどこまで突っ込めるか、私はじっと耳を傾けた。K巡査の言葉はバカに丁寧である。私なら、

「そんなこと言ってもよ、お前、持ってるもの見せろよ」

などと言うのだが、彼は、

「たいへん申し訳ありません。もしよかったらですね、カバンを見せていただけますか」

とやっている。だから男は、

「お前、言葉丁寧だけどね、見せるわけにいかないよ」

「じゃ、ポケットはどこですか」

男が一方を指さすと、

「ポケット、二つあります」

「当たり前だろ、ポケットが二つあるのは当たり前だ。後ろのも入れて四つだ」

男はK巡査をからかって楽しんでいるようだ。それでも彼はやさしくやさしく言う。

それでいて、少しずつ追及していく。私もこの点は非常に勉強になった。とにかく静かに静かに、一切怒らないで追及するのだ。

しかし難点は、K巡査に男が覚醒剤を持っているという頭がまったくないことだ。ただ、学校で習ったとおりの職務質問をしている。

「お車なんかも、もしあれだったら見せていただけませんか。駐車違反もどうですかね」

そう言ってから私に向かって、

「これ、もしかしたら駐車違反にもなると思うんですよね。ね、主任」

私はもう自分でやりたいと思ったが、「お前やってみろ」と言った以上は待ってやるしかないとそのままにしていた。しかし、四十分かけても何も出てこず、男は安堵《あんど》感にひたっている。そして、まったく口を出さない私のことをバカにした目つきで見ていた。

そのうちイラン人が通りかかった。

「あ、ボスボス」

イラン人が私のことをそう呼んだ。すると男は私のことがわかったようで、いきなり逃げの体勢に入った。ところがK巡査はマラソンでは警視庁一、二である。五十メートルも行かないうちに後ろから捕まえた。彼は力もある。そして、

「どうしたの、おじさん。逃げるなんて、どうしたの」

するると男は、

「もう諦めた」

「何を諦めたんですか」

Ｋ巡査は最後まで丁寧語である。男は、

「おめえが高橋か。てめえ、コノヤロー、汚ねえ。一言もしゃべんねえで」

「だって今、若い人を指導してるんだから」

それでもＫ巡査は事情がわからないようだ。

「いずれにしても、もう一度戻りましょう」

と手を放して歩かせる。逃げられたら困ると思っていると、

「主任さん、任せてください。私は走ることには自信ありますから」

そこで私はこっそり背後からＫ巡査に耳打ちした。

「おい、こいつシャブ持ってんだよ」

すると真面目な大きい声で、

「シャブって何ですか」

「お前、シャブも知らないのか」

まるで落語のようだったが、このケースはうまくいった事例である。その後、私はいつも若い人に言っている。

「言葉を丁寧にしゃべるのはいいことだ。我々は初心を忘れがちだ」

どんな相手にも丁寧に話すと、向こうも丁寧に受け答えする。歌舞伎町から本部に移って、五十歳を過ぎてからそんな心境になった。こういうやり方もあるのかな、と思った次第である。このとき男に説教されたことも忘れられない。私が男に、

「お前はなんで俺のことを知ってるんだ」

と訊いたところ、

「お前、強制の高橋じゃねえか。強制の高橋って有名なんだよ。おめえ、何でもアリらしいじゃねえか」

そして、こう言われた。

「こういう人（K巡査）みたいな警察官になれよ」

男はK巡査の対応がよほどうれしかったのであろう。

「俺は全部出す。息子みたいなやつだから、全部出す」

と言って、覚醒剤五十グラムを出した。それだけではない。K巡査のためだと言って、自分が知っている情報を洗いざらい提供したのである。このため組織対策部が捜査に入

り、一都五県にまたがって覚醒剤を摘発したのだった。

ああ、こういうやり方もあるのかな、と私には本当に参考になった。どんなに慣れても基本を忘れてはいけないのである。K巡査は、ものの見事に学校で教わった基本を忠実に守り大成功したのである。『シャブ』という言葉さえわからないのに。逆に言えば、だからよかったのかもしれないが。

覚醒剤摘発の極意

これまで四係全体で摘発した覚醒剤事犯は千件ぐらいある。シャブ中を見分けるのは比較的に簡単である。

第一に、たとえば車なら、いい車なのに洗っていないとか、ガムテープを貼っているとか。第二は、中を見ると灰皿に吸い殻がそのままになっていて、しかも長短ばらばらであることだ。第三は、降りるように言っても拒否して窓も開けない。やっと降りて来ても、ポケットに手をやったり、バッグに手がいったりする。それで、

「変なの持ってない？」

と言うと、

「弁護士を呼ぶ」

などの反応を示す。それに、とにかく落ち着きがない。そして痩せている。歯が溶けてなくなっている。薬物は刺激が強いので、瀬戸物にヒビが入ったような状態になるのだ。シャブでもシンナーでも何でもそうだが、薬物を常用している者は歯がないのが普通である。そして目のあたりが黒ずんでいる。また、訊かれたことに対しては必ず、

「やってない、やってない」

と反応して、動作が激しくなったりする。女性の場合はバッグの中に化粧品、生理用品などの他、食べ物のカスまで入れたりしている。

また警察官の姿を見ると、車に乗っている人は見て見ぬふりをする。歩いている人は警察官の姿を見ると自分から寄ってきて、

「何も持ってねえよ」

などと言う。そう言われれば、

「何も持ってないんですか、じゃ、見せてください」

と言いたくなるのが道理である。しかし見せない。ただ、そういうときは持っているところに必ず手がいく。ポケットに入っていればポケット、バッグに入っていればバッ

グをグッと握り締めたりする。これは一種の「反応」である。

シャブ中を職務質問するテクニックに『ミラーリング』がある。この方法は自分たちで考え出した。みんなで話し合っているとき、どうすればシャブ中は素直に覚醒剤を出すかということが話題になった。そのとき誰かが、

「鏡に映すみたいにさ、ほら、子どもに離乳食をやるときに母ちゃんが『あーん』って言うと、子どもも『あーん』って口を開けるでしょ。ああいうのやってみたら」

と言った。それで私がポケットから覚醒剤を取り出す真似をしてみせたら、

「それやりましょう、それやりましょう」

となった。このため、これからは制服の中にリップクリームやタバコなどあまり変なものを入れないようにしようと話し合って、この手法を始めた。我々は当初『手練』と名づけたが、大阪のS警視があとで『ミラーリング』と命名した。

歌舞伎町交番の前で、ある男に職務質問をしたことがある。まず名前と住所は素直に言った。生年月日も言ってくれた。何も持ってないし、普通の話し方である。覚醒剤で二件ほど前歴があるのだが、話をしていてもソワソワとも何ともしない。本当に「自分は持ってない」という感じなのである。そこでミラーリングをやってみた。

「靴下脱いで」

と言うと、靴下を脱ぐ。

「はい、ポッケから出して」

と言うと、「はい」と中身を出す。靴の裏まで全部見せる。バックルの裏まで見せた。口の中も、

「あーん、して」

と言うと、「あーん」と口を開け、舌を裏返しにしたりする。髪の毛も全部触ってみたが何もない。それで、

「じゃあね」

と、帰ろうとした。

「ところで、今どこに行ってきたの？　どこから出てきたの？」

と訊くと、

「パチンコ屋に行ってきた」

それで私が、「パチンコ屋さんか〜」と考え込んでいると、

「じゃあねぇ」

と帰ろうとする。するとN巡査長が、

「ちょっと待ってよぉ〜」

甘ったれたように言ったかと思うと、途端に、

「あ！　見つけた！　見つけた！」

と言う。何を見つけたのかと思ったら、耳のところにパチンコ玉が入っている。

「あんた、パチンコ屋さんに行って、パチンコ玉持ってきちゃ駄目だよ〜。一個でも取ればドロボウだよ」

しかし男は、

「微罪にもならねえだろうが。パチンコ玉なんて、その辺にも落っこちてるんだからさ」

と軽く受け流して、また「じゃあねぇ」と帰ろうとする。N巡査長も、

「だよなぁ、窃盗にならねえよなあ、あんなの」

ということで、帰した。ところが、男は耳に手を当てながら帰っていく。それで、

「ちょっと待てよ」と、連れ戻した。すると今度は暴れ始めた。交番の調室には入らないと言う。

「イヤダーッ！　コノヤロー！」

と大暴れだ。それでも何とかして耳のパチンコ玉を取ろうとした。しかし、

「俺の体に触れるな！　俺の体に触れたら、お前ら訴える！」

だから私が、

「あんたね、いつまでもそうやっていたら、パチンコ玉だって中に入っていくの知ってるか？　こないだも病院に行った人がいたんだよ。中に入っちゃうよ、玉が。押せば押すほど入って取れなくなって死んじゃうぞ」

と言うと、真に受けたのか玉を取った。すると、耳の奥に脱脂綿が見える。みんなで「脱脂綿を出せ」と迫ったらさすがに出した。

脱脂綿の中から出たのは小さなパケである。耳カスくらいだから〇・一グラムくらいであろう。値段にして三千円ぐらいだ。そのわりには手こずった。

終わってからみんなで、

「耳はミラーリングにはひっかかんねぇなあ」

などと肩を落としたものだった。ところがN巡査長が、

「高橋さんも口がうまいけど、パチンコ玉って中に入っていくのかい？」

「お前やってみろ」

「大丈夫なのかな」

N巡査長は半信半疑だった。千件の摘発の中で、耳に隠していたのはこれが唯一だ。

こちらが予想もしていなかったのだから、さすがのミラーリングも効果なしだったので

ある。

これからは職務質問の時代

職務質問は、本当は難しい。相手に弁解される前に、

「持ってるの？　持ってないの？　持ってるの？」

と、こちらから攻撃して吐かせなければいけない。時間をかけると相手に考える時間を与えるから、

「任意ですか、強制ですか」

などと逆襲をくらう。だから、相手が考える前に落とすのが基本である。

もう一つは、たとえば「お父さん、お母さんはどうだ」などと人情の機微を衝いて落とすケースもある。だから、職務質問をする警察官は強い正義感を持っていなければできない。刑事が被疑者を落とすのと違うのである。被疑者の場合は、あらかじめ捜査してその人物が犯人に違いないと逮捕した相手である。その被疑者から事実を白状させることが取調べだ。白状させられるかどうかによって、その取調官の力量が評価される。

ところが職質は、極端にいえば、やってもやらなくてもよい。魚を釣りに行って一匹も釣れなかったとする。海面からはそこに魚がいるかどうか見えないのだから、あそこには魚がいないんだ、と弁解できる。もちろん、海流や海底の構造をあらかじめ調べるのが常識だが、それでも、「今日は潮の流れが悪かった」で済まされる。職質もそうだ。「最近は不思議とシャブ中とは出合えなかった」で済まされる。自分の力量不足や熱意のなさを棚に上げて、「最近はワルが少ないね」でごまかせる。その気になればいくらでも手抜きができるのだ。だから、よほど正義感が強くなければ職質は難しいのである。とくに歌舞伎町のように黙って座っていても実績を挙げられる多忙な交番では、いつの間にかゴンゾウが生まれやすい。

しかし、これから職務質問はますます重要になってくる。たとえば、今、福島で窃盗が問題になっている。放射能の関係でみんな貴重品を置いて逃げているから多いのである。すでに被害額が三億円、四億円などと言われている。

その対策で、警視庁から応援の警察官が行っているが、中心になっているのは制服警察官である。Kという職質の得意な警察官も行っている。パトロールをしていると、街に不審な人物がいるという。長靴を履き、いかにも自分の家に入るようにして他人の家に入る。そして預金通帳や現金、貴金属などを盗んでいる。車のタイヤや車そのものを盗んだり、ガソリンスタンドのレジから現金をかっぱらう。乗り棄てた車を見ると、こじ開けられたレジが山積みされていることもあるそうだ。金だけ抜いてそのままにしているのである。犯人は外国人かと思っていたが、日本人のほうが多いと言っていた。そうした犯人を、Ｋらは職務質問で摘発しているのである。

それを考えても、これからは職務質問の時代である。

柔軟に、かつ、厳格に

最後に、歌舞伎町での活動を総括して、後輩に残しておきたい反省を述べたい。

警察官の一番悪い考え方は、自分の私的な考え、つまり自分勝手な解釈をして終わることがあるということだ。あの桶川事件がそうだった。

「ストーカーをされました」

と訴えてきても、

「何言ってるんだ、お前は男とつき合ってたんだろう」

「お前はズベ公なんだろ」

などと取り合わない。先入観があるからだ。ズベ公で男とつき合っているからお前のほうが悪い、という自分勝手な解釈。これは私もそうだった。

警察に訴えてくる者はとかく派手な者が多い。被害に遭って当然と思いたくなるような格好の者が来ることもある。だから、偏見をもって応対する。「ちょっと待てよ」と考え直すところがない。そして加害者と思われる男のほうも調べない。その男に前歴があれば動くのだが、前歴がなければそのままだ。

それに、年配の警察官は今の若い人と感覚が違っている。今でこそ「ストーカー」などと騒がれるが、かつては、そんな言葉さえなかった。自分だって若い頃は好きな女をつけ回したことがある、くらいの気持ちである。だから往々にして、年配の警察官は桶川事件のようなものを見逃してしまう。

反対に若い警察官は、ちょっとしたことでも、

「あ、もしかしたらストーカーじゃねえか」

などと早とちりすることがある。たとえば女性が、

「この人に痴漢された」

と言ってくると、よく調べもしないで痴漢容疑で逮捕する。そういうケースがたくさんある。

たとえば、こんなことがあった。電車の中で若い女の子がシルバーシートでずっと電話をしていた。老婦人が来ても譲らないで座ったままである。このため、ある中年男性が注意したらしい。すると女の子は、私がいる交番にその男性を引っ張って来て、

「このジジィに絡まれた」

と言ってきた。私はてっきり、

「あ、オヤジが何か言いがかりをつけて絡んだのだな。だから怖くなってこの子は交番にわざわざ訴えてきたのだ」

と思った。しかし詳しく事情を聴くと、実際はその子が悪かったのである。一歩間違えば誤認逮捕になりかねなかった。

だから、訴えを簡単に退けてもいけない、かといって簡単に受け入れてもいけない。そのバランスが重要である。そのためには、私心を捨てて、勝手な解釈や偏見を捨てて、虚心坦懐に事情を聴取する必要がある。といってもこれは難しい。どうしても先入観がつきまとい、「警察の見方」で対応しがちになる。

そういう「警察の見方」に一方的に陥らないためには、街の声にも耳を傾ける必要がある。その点、四係は街の人とは仲良くしていた。かつて町会の人たちは、刑事や署幹部とばかり飲んでいたようだが、

「高橋さんとか、四係の人たちと飲もう」

などということで、近くの中華料理屋に誘われるようになった。費用は町内会の人が払うと言ったが、

「いや、歌舞伎町の軍団はただ酒を飲みませんから」

と、帰りに三千円でも四千円でも払ったものだ。そうしたら、

「あの係は大したもんだ」

と対応が違ってきて、かなり信頼されるようになった。

誘惑はもちろんあった。バカラの店員などは、「○○のお店です」と言って三十万円ぐらいの商品券を持って来て若い署員に渡すことがある。

「バカヤロー、こんなの取ったらそれこそたいへんなことだぞ」

と返しに行かせたものだ。当時はビール券をいろいろなところから持って来ていた。「これから歌舞伎町にビルを建てるのでよろしく」とか、「ビルの中で○○をやりますのでよろしく」など理由はさまざまだ。しかし、ヤクザと関連している可能性もあるのでみな断った。

すると、飲み会の席でビル会社の社長に言われたことがある。

「高橋さん、ビール券を受け取らないのはいいことかもしれないけど、歌舞伎町ってい

うのはバランスシートの町ですよ」

「どういうことですか」

「あなた方が取り締まってくれるのはいいんだけどね、歌舞伎町はセックス産業で潤ってるんだから、何でもかんでも取り締まればいいっていうもんじゃないんです」

その社長の会社はビルを五つも六つも持っているので、当然、風俗店にも貸しているであろう。だから、あまり取り締まりが厳しくなると、商売にも影響するし、街全体の活気が薄れると心配しているのである。

我々だって、街の活気がなくなるようなことはしたくない。むしろ、犯罪を抑制して街の活気を盛り上げるのが目的である。この言葉は私にとって衝撃的だった。

「バランスシートの街」とはよく言ったものである。我々も街の人の目からは、「警察の見方」に閉じこもっていたのかもしれない。だからその後の活動に生かした。しかし、手心を加えるといつの間にか生ぬるくなって警察官自身の士気にも影響するであろう。

柔軟に、かつ、厳格に。

この二律背反をどう調整するか。

これは警察官にとって永遠の課題だと思う。「歌舞伎町」が私に課した、これは大きなテーマである。

あとがき

歌舞伎町交番は私にとって一生忘れられない職場である。そこを拠点に思いっきり暴れたこともさることながら、何より想い出深いのは、そこで生涯の宝物を得たことだ。その宝物とは、言うまでもなく、本書に「歌舞伎町軍団」として登場する歌舞伎町交番四係の面々である。そしてT署長という警視庁の戦後史に残る名上司にも恵まれた。現在も、T元署長を会長に「歌舞伎会」を作り、折に触れて懇親会を開いている。
本書は、誰よりもまず、歌舞伎会の面々に捧げたい。そのチャンスを与えてくれた幻冬舎に感謝する次第である。第二編集局編集第一部の藤原将子さんには数々の助言とお骨折りを頂いた。合わせて深く感謝します。

平成二十三年十月

高橋和義

この作品は書き下ろしです。

GENTOSHA OUTLAW BUNKO

職務質問《しょくむしつもん》

新宿歌舞伎町《しんじゅくかぶきちょう》に蠢《うごめ》く人々《ひとびと》

高橋和義《たかはしかずよし》

平成23年12月10日　初版発行
平成27年7月25日　7版発行

発行人——石原正康
編集人——永島賞二
発行所——株式会社幻冬舎
〒151-0051東京都渋谷区千駄ヶ谷4-9-7
電話　03(5411)6222(営業)
03(5411)6211(編集)
振替00120-8-767643

印刷・製本—株式会社 光邦
装丁者——高橋雅之

検印廃止

幻冬舎アウトロー文庫

ISBN978-4-344-41790-8　C0195　O-118-1

幻冬舎ホームページアドレス　http://www.gentosha.co.jp/
この本に関するご意見・ご感想をメールでお寄せいただく場合は、comment@gentosha.co.jpまで。